走近大凉山

Beyond the Mountain

和之梦 著
哈妮 撰稿

译林出版社

目录

Contents

Chapter 6

“悬崖村”附近

序言

Prologue

为什么一部关于中国无名小山村的一小时纪录片会大受欢迎？说实话，作为导演，我自己也不太明白。

截至目前，《走近大凉山》在 YouTube 上的播放量已超过五百万次，还登上了日本最具影响力的网络新闻网站 Yahoo！ Topic 的首页，连 NHK 也花了很大的工夫来介绍它。

更让我感到惊讶的是，这部纪录片在大凉山当地也引起了巨大的反响。

比如最近在武汉举办的一次活动中，我遇到了一位来自大凉山的年轻人，他说："我看过《走近大凉山》！拍得特别棒。能见到导演我非常激动。"当他带着紧张又激动的表情提出想要跟我握手合影时，我知道这不是所谓的恭维、客套，而是真的见到我很激动。每当遇到来自大凉山的朋友时，他们都给予了我发自内心的高度评价。

这部作品中哪怕有一点点夸张或是谎言，当地观众都可以轻易地识破。所以我向来很在意当地人对作品的评价。

因为“用镜头记录更真实的故事”是我的使命。

如果一部作品在当地取得了很好的反响，那说明它至少没有夸张或捏造事实，也没有过度夸赞或过度贬低的部分，是因真实的故事而得到认可。这让我知道了，比起“可怜人的故事”，很多观众更想看到的是“真实的故事”，坦白讲，这点让我感到很高兴。

这次，借着图书出版的机会，我重新思考了一下，通过这部作品我究竟希望传达什么样的信息。

结果……我意识到，并没有什么特别想传达的。

我只是单纯地想把自己亲眼看到的大凉山展现给更多人。

一般来说，纪录片都会很重视主题性和意义，而我的作品很多并没有什么所谓的主题与意义。

有很多纪录片导演，可能通常会事先设定一个主题，再沿着主题进行拍摄，然后会慢慢地将真实的故事往自己想要的方向引导。比如，事先设定好主题是“住在贫困农村的人们的悲惨生活”，然后再进行拍摄，那么哪怕现实中村民们尽管贫穷，但开放乐观，导演也会故意只拍落寞的背影，或在采访中只询问一些痛苦的回忆，诱导出一个悲惨的故事。

然而，我并不想做这样的事情，所以在拍摄之前我从不设定主题，也没有任何脚本。认真地拍下在现场观察到的一切，就是我的拍摄风格。这也是我的导演哲学——用镜头记录更真实的故事。

然后，我又重新思考了自己为什么要拍这部作品。

结果……是因为“应该会很有趣”，仅此而已。

有一些媒体会抱着“去大凉山记录脱贫现状”等明确的目的，而我只是单纯地喜欢看农村的自然景色。

“没什么特别想要传达的”，但是“应该会很有趣”，所以我去了大凉山，拍摄了纪录片。结果，在当地、国内、海外都大受欢迎。

之后，这样一本书就诞生了。

通过文字看到的《走近大凉山》，究竟同影像呈现的有何不同，又有何魅力，我自己也非常期待。

最后，在这里也再次向译林出版社、撰稿人哈妮，以及所有协助过、支持过《走近大凉山》的朋友们致谢，谢谢大家。

竹内亮

Chapter 1

十年之约再出发！

2020 年 7 月，彝族重要的节日火把节就要到了。一列载着返乡乘客的绿皮火车在成昆铁路上驶过，大渡河两岸绝壁耸立，河水激流翻滚。

1970 年成昆铁路全线通车，被誉为“象征 20 世纪人类征服自然的三大奇迹”之一，其中有九百九十一座桥梁，四百二十七座隧道，桥梁和隧道总延长占线路总长的 41.6%,“空中铁路”和“地下铁路”交替,上天入地。

而这列火车就是成昆线上有名的“小慢车”——5620/19 次。它是目前全国所剩不多的公益性列车，往返于普雄与燕岗之间，全程二百三十六公里，停靠二十五个站，平均时速在四十公里左右，走完全程需要八小时七分钟。

时至今日，该趟列车依旧执行着中国 1995 年的普速列车旅客票价，全程票价十八块五，最低票价两块钱。

在中国铁路最高线路时速突破六百公里的今天，这趟车显得尤为“悠闲”，但是它能到达许多高铁到不了的偏远地区，让居住在大凉山深处的彝族老乡们得以跨过高山峡谷，走向外面的世界，也使外面的讯息走进大凉山，对改善当地经济起到了重要作用。因而这趟列车也被称为“扶贫车”。

平常的日子里，大凉山里的彝族老乡们会坐着这趟“小慢车”探亲访友、上学上班。他们还常把家里的鸡、鸭、鹅、牛、猪也带上车，到异地售卖，因此，车厢经常像个“动物园”。

对于这样罕见又有趣的拍摄场景，导演竹内亮自然不想错过。

竹内亮在乐山市金河区的关村坝站

“原来在这片土地上生活的其他人是这样的。”

为了感受这趟连接大山内外的“小慢车”，摄制组一行从南京出发，特意取道成都，再开车来到位于乐山市金河区的“关村坝站”。

这是中国第一个修建在隧道中的火车站，由于地势狭窄，站台两端都连着隧道，火车停靠站台时，有一部分车身还在隧道里。下车的旅客，得从隧道中走出来。“小慢车”在这里停靠三分钟，一天只有一次。

中午十一点多，随着一阵汽笛声，绿皮列车出现在隧道中。时间紧迫，车站又隐藏在这大峡谷中，很难找到，竹内亮差点没赶上火车。

上车前也没人卖票，据说是上了车再买票。在大城市里待惯了的竹内亮，感到新奇，他饶有兴致地打量着车上的“彝族文字”。在凉山，随处可见和汉字对应的彝文标识，路牌上，宣传横幅上，街边建筑上。同样的内容，彝文和汉字的个数并不相同，彝文像是符号和字母的组合。

竹内亮乘坐的这趟车是返程列车，老乡们估计已经

“小慢车”—— 5620/19 次

卖完了鸡鸭鹅猪，车厢里并没有出现传说中的动物园场景，但有成筐的葡萄。

竹内亮是个自来熟，用熟练的汉语问坐在葡萄筐边的彝族小伙：“可以给我吃吗？”小伙爽快地答应了。借着话头，他和小伙一家人聊起天来。他介绍自己是日本人，为了证明身份，还展示了日语技能。满脸笑容的彝族小伙面对人生中遇到的第一个日本人，笑着说：“日本人太坏了。”竹内亮哈哈大笑道：“不能这样说，哪个国家都有好人和不好的人。”两人隔着车厢过道开心地握了握手。

这是时隔十年，竹内亮又一次来到大凉山。

时钟倒拨回到 2010 年，竹内亮和团队来中国，拍摄系列纪录片《长江·天地大纪行》，他用了一年时间，拍摄长江沿岸人们的生活。从长江源头到最后一站上海，走

火车进站

火车上成筐的葡萄

了六千三百多公里，其中就包括在长江中上游的大凉山。

在《长江·天地大纪行》中，拍摄团队展现了凉山特有的文化，比如泸沽湖畔的摩梭文化。那里的村落延续着母系氏族制，一般是女性赚钱养家，婚姻方式是“走婚”——夫妻只有晚上住在一起，第二天一早丈夫便回到自己家。那里因此被誉为“女人的天下，男人的天堂”。

那时当地的旅游业刚刚发展，片子里介绍了一位原本在北京酒吧驻唱，后来回到家乡做导游的摩梭姑娘。家乡山美水美，清澈的泸沽湖水，甚至可以直接饮用。但姑娘依然向往大城市，因为她不喜欢走婚，她更想和心爱的人结婚，终身相伴。

纪录片《长江·天地大纪行》剧照

这部纪录片如今在中国的网站上也可以看到，有网友留言感叹："这感觉很奇妙，原来在这片土地上生活的其他人是这样的。"

不过，那次拍摄经历让竹内亮如今仍心有余悸。路况不好，一些路段紧邻着悬崖，也没有护栏，一不小心就可能掉下去。有些地方没法开车，他们只能骑驴过去。他印象中的大凉山相当贫穷，山里的居民穿着有民族特色的服饰，过着很原始的生活。因为当时还没有无人机，为了拍摄广袤无际的农田，拍摄时还邀请了一位装备酷炫的飞行摄影师，乘坐滑翔伞进行航拍。

拍摄之余，很多中国人问竹内亮：山口百惠怎么样？高仓健怎么样？他意识到，中国人不了解日本，对日本的印象还停留在过去。他萌生了一个念头——以后要把日本的现实介绍给中国人。

在和南京姑娘赵萍结婚后，竹内亮对中国愈发感兴趣了，想搬到中国生活的念头挥之不去。终于，他说服了妻子，在 2013 年移居南京。

来中国的这几年，他拍摄了纪录片《我住在这里的理由》。截止到今年，这部纪录片已经持续更新六年多了，总播放量超过 4 亿次，B 站评分 9.8 分。每集长度为十到二十分钟，内容是探访居住在世界各地的人们，了解他们居住在那里的理由。

有粉丝因为他的片子发出这样的感悟："细碎的细节铺在你面前，感觉大家都在很认真地生活，虽然生活方式不一样，但都在努力地活着。"

SPORTS
HAIYU SPORT

十年间，他的想法也发生了改变。十年前来中国，他觉得中国人太不了解日本，想拍片子向中国人介绍日本。十年后，他意识到日本人根本不了解中国，他要拍片子向日本人介绍中国。

他在 2021 年出版的《竹内亮：镜头下的真实中国》中提到，日本老百姓对于中国的喜恶程度，大概是一比三比六。有一成的人了解中国，会客观评价中国；三成的人讨厌中国，说什么也没用；六成的人摇摆不定，印象稍偏负面，是未来可以“争取”的一部分人。

竹内亮希望通过纪录片，展示多样、真实的中国，消除偏见，让日本国民不再被有目的性的媒体报道误导。

2020 年，竹内亮拍摄了《南京抗疫现场》《后疫情时代》，引起了国内外广泛关注。随之而来的，是越来越多的题材和机会，还有志同道合的年轻人，其中一位，叫徐亮。

纪录片《我住在这里的理由》第三季 海报

谁不会为年轻人灼热的梦想所打动呢？

徐亮是个90后的南京壮小伙，2018年，他从国外留学回来后，在凉山布拖县采洛村双河小学做过一学期的支教老师。他知道那里的孩子有多么不容易，又多么懂得感恩。

时至今日，有些事还是让徐亮记忆犹新——他带的班上有一个孩子家里条件很不好，大冬天的午饭，就是装在塑料袋里的米饭，吃的时候就倒点水泡一下。孩子那天还带了个土豆，对他来说土豆就算“美食”了。吃饭时，他看见了徐亮，便问：“老师，你吃了没？”徐亮说没吃，孩子就说：“老师，你吃这个土豆吧。”徐亮让他自己留着吃，孩子却仍坚持要烤给徐亮吃……诸如此类的瞬间像一粒种子埋在了徐亮的心里。

支教回来后，很多人对他的经历感到好奇，常有人问他大凉山是什么样的，甚至有人不知道大凉山。

这些都让徐亮越来越坚定——他要为大凉山拍一部纪录片，告诉大家真实的大凉山是什么样，那里的人过着怎样的生活。

《南京抗疫现场》的“出圈”让徐亮知道了和之梦，知道了竹内亮。在看了亮叔的其他作品后，他觉得自己的计划是时候提上日程了。

这个敢想敢做的年轻人，在2020年的春来到竹内亮的公司，带着对大凉山的拍摄构想。谁不会为年轻人灼热的梦想所打动呢？何况面试官又是著名的“逐梦发烧

支教时的徐亮

友”，再加上徐亮身材魁梧，一看就是很能扛动摄影器材的模样。

但对徐亮拍摄大凉山的要求，竹内亮还是没有一口答应。一是因为路途很远，成本很高。二是因为他有《再会长江》的拍摄计划，大凉山在长江边，以后肯定会去的，似乎没有必要给大凉山单独拍一个纪录片。但是徐亮对大凉山的热情和他的支教经历，让竹内亮很感兴趣，想着如果以后有机会、有钱的话可以考虑。

哪承想徐亮除了有梦想，还有韧劲。虽然团队拍摄任务一个接一个，但徐亮逮到机会就跟竹内亮念叨大凉山的魅力。后来，他还写了拍摄计划发给竹内亮，并一直问他看了没，看了没。

除了韧劲，还要有技巧。徐亮劝说竹内亮，疫情之下，大家都在关注城市生活，对偏远农村的关注度不够。另外，2020 年是中国全面打赢脱贫攻坚战的收官之年，不拍最贫穷的地方怎么脱贫的，有点遗憾。

徐亮甚至想好了如何找赞助去筹集拍摄资金。恰巧 5 月份外文局的“解读中国工作室”看中了这个策划，愿意出资拍摄。

天时地利人和，还有什么理由不拍？竹内亮虽然感觉自己被徐亮“洗脑”了，还是决心帮他实现梦想。

项目通过后，徐亮提醒竹内亮彝族盛大的火把节快到了，不要错过拍摄。因而在武汉拍完《好久不见，武汉》后，他们便马不停蹄地奔向了大凉山。

“这个片子会改变很多大凉山孩子的命运。”

不要说竹内亮，一个居住在城市里的普通中国人，恐怕都很难想象让大凉山脱贫有多难。

1956年，大凉山实行民主改革，一步跨千年，直接从奴隶社会跨入到了社会主义社会。

《凉山彝族自治州概况》中曾描写过一位名叫毛陈氏的妇女的故事。她是美姑县巴普乡人，1919年被抢掠辗转卖给了吴奇家。主子常打骂她，逼她嫁人、生孩子，以获得更多的奴隶帮他们干活。毛陈氏不想自己做牛马，子女也做牛马，誓死不从。当时，与毛陈氏同病相怜的奴隶数不胜数，为了反抗被奴役的命运，他们有逃跑的，有自杀的，还有不惜一把火与主子同归于尽的。

奴隶制结束了，但交通闭塞，自然环境恶劣，依然让大凉山“与世隔绝”。

那时的大凉山人畜同居，卫生知识匮乏。比起让孩子读书，家长更希望孩子在家放羊、种地。凉山州十七个县市中，曾有十一个深度贫困县，贫困人口有上百万人。在最高峰时期，凉山州有六万多名义务教育阶段的学生没有上学。

2018 年，习近平总书记来到大凉山。他说自己一直牵挂大凉山，牵挂彝族群众，一定要让他们过上好日子。

此后，四川省选派了五千七百多名干部驻扎凉山州。除了修路、搬迁、发展产业，还帮助孩子们养成良好的卫生习惯，“逼迫”他们上学。

有的地方每到开学季，干部们就在交通要道设卡，把那些试图辍学外出的学生拦截下来；有的不惜奔赴千里之外把打工的初中生带回家；有的甚至会用“官告民”

乘坐绿皮车下车后，周围什么也没有，甚至找不到和同事会合的地方

的方式，惩罚和警示那些鼓励或放任孩子辍学的监护人。

就是这样的大凉山，“中国最贫困角落”之一，在2020年11月，宣布整体脱贫。

十年前，大凉山的贫穷给竹内亮留下了深刻印象。这十年，中国经济迅猛发展，他也想知道，大凉山现在变成什么样了。

竹内亮和团队从南京出发，乘飞机，换火车，坐汽车，花了整整两天才到大凉山。从“悬崖村”到昭觉县城，他尝试爬了“悬崖村”，参观了农民在山下的安置房，去了徐亮支教的小学，还有孩子们的家。

间隔十年，给竹内亮印象最深的是环境变了——如今马路干净了许多，大部分地方都通车了，毛驴早已退出了历史舞台。当地政府给易地搬迁的村民提供了安置房，小区干净整洁，房子宽敞明亮，比竹内亮在南京的家还大。信号基站的建设使大凉山与世界联结，年轻人能熟练地使用智能手机，通过抖音、快手等社交媒体，分享生活，看世界。

虽然还是缺老师，但新的校舍已经建起来了。有些孩子还是需要别人的帮助才能获得生活保障，但他们没有丢失那颗敢于做梦的心——想当演员、舞蹈家，想成为像武磊一样的球星，想带父母去大城市……

这部纪录片的网络播放量很高，甚至在国外的视频网站，点击量也已超过了330万次。有网友留言说：“这个片子会改变很多大凉山孩子的命运。”

谁知道呢？但是看到了，知道了，或许就是某个改变的开始。正如当年竹内亮拍摄《长江·天地大纪行》后，决定来中国；徐亮当年在旅途中看到了一位支教老师的纪念碑，决定去支教。

摄制组的凉山之行有怎样的奇遇，这十年间又发生了什么，让我们一起出发去看看！

Chapter 2

俄木家

在 5620/19 次列车上，竹内亮一行坐了四站，临下车前才找到售票员补票，但停车时间有限，售票员让他们直接下车了。票价大概只有几块钱，但“蹭车”还是让编导王可可觉得不好意思。

至于竹内亮，团队的年轻人开他玩笑：“平时脸皮就厚，什么都爱蹭。”但竹内亮在火车上吃的那串葡萄，还是付了钱的。一串葡萄五块钱，啃着泡椒凤爪的小伙坚持送，小伙的妈妈却不同意，竹内亮知道他们挣钱不容易，爽快地付了钱。

下了火车，拍摄团队的第一站是布拖县。他们先开了六个多小时车到西昌，又从西昌开了四个多小时到布拖县，再从布拖县城开车两个小时，才到了徐亮曾经支教的布拖县采洛村双河小学。

布拖县入口

在布拖县拍摄的第一天，拍摄团队去拜访了徐亮的学生俄木一家。这天，家里四口人都在，爸爸俄木拉体，儿子拉哈，女儿拉洛，妈妈文古么次干（下文简称“文古”）。文古、拉洛、拉哈特地穿上了彝族传统服饰，盛装欢迎摄制组的到来。

布拖县采洛村的黄昏

颜值很高的一家

见面之后，竹内亮对这家人的第一印象是，颜值非常高。令他意外的是，妈妈文古刚开口，眼圈就红了。她说很高兴大家能来，她知道支教老师都很辛苦，对孩子特别好，所以打心眼里感谢支教老师。她和丈夫把一切希望都寄托在小孩身上，她身体不好，在学习上也不能辅导孩子，之前知道有支教老师来了，就特地把小孩转到了有支教老师的学校。

拉哈和徐亮关系特别好。在徐亮的印象里，拉哈的父母很关心孩子的学习，是当地家长中比较少见的。以前哥哥拉哈和妹妹拉洛经常课后留在支教老师那里学习。有时候两个孩子晚上七八点钟才能写完作业，走山路回家不安全，爸爸会专程骑着摩托车来接他们，老师们也常送孩子们回家。俄木家也常给老师们带些肉和面。

时隔一年多，再次和徐老师见面，穿着民族服饰的妹妹拉洛很害羞。当被夸漂亮时，会一个劲儿往爸爸身后躲。和孩子、老公比，妈妈文古的装扮显得尤为“隆重”，她衣服的前襟、大臂以及袖口的部位有紫色的彝绣，

文古妈妈穿着民族服饰

领子上缀满了伞状的银饰，衣襟处还缀有螺纹样的银扣子。为了搭配这身衣服，她还戴了银耳饰和红色的珊瑚珠项链。这样的传统服装，一般年轻的小姑娘穿得多些，文古做了妈妈后就很少穿了，听说老师们要来，才特地从娘家带来了衣服。

这样精美的服饰其实是彝族家庭的必备品，不管条件多差的人家，都会为女儿准备一套。现在人们通常在火把节才穿得如此隆重。家中有老人去世的时候，女

穿着民族服饰的拉洛

性家属也会穿，还会披上羊毛披肩——当地叫“哈波”。三四十个人这样排成一列走在街上时，非常壮观。以前，羊毛披肩都是手工一针一针织出来的，买一件要花上四五千。现在价格稍微便宜了一点，文古身上的这件花了一千多。

凉山处于高海拔地区，气候寒冷，羊毛披肩是御寒好物，平时在街道上也常见人披着，这种日常穿的比“哈波”更贴身，叫作“查尔瓦”。一般有黑、白两色，形似斗篷，长至膝盖之下，下端饰有长穗流苏。白天披在身上挡风，过去穷得没被子时，夜晚也可当被褥。

小孩子平时穿传统彝族服装的机会也不多，除了火把节，就是一些特殊的日子，比如女孩的成人礼。彝族家庭会在女孩彝历十三岁或十五岁时给她们办成人礼。家长会提前去算日子，举办成人礼的当天亲戚朋友会来家里庆贺、祝福。拉洛的成人礼是在她十三岁时举行的。那天她打扮得很漂亮，收到了很多亲戚朋友们的红包。成人礼过后，女孩就不再属于这个家了，算是“外人”。此前一家四口一起做的传统仪式，拉洛成人后，也不再参与。

徐亮没有料到俄木一家准备得如此隆重，也没想到妈妈文古会那么激动。一起上门拜访的另一位支教老师黄琦，感觉自己能理解文古的心情。他说文古在外面打过工，见识比较广，知道外出打工者的辛苦，所以希望孩子能好好读书。支教老师怎么对待学生，文古都看在眼里——老师们每个月只有一千块左右的补贴，但放学后还经常给孩子们无偿补习，给学生们买书、买卷子、买奖品。她感觉山区里面的老师比外面的老师更加无私，她心里面过意不去，所以想借此机会表达谢意。

事实上，那段时间文古因为打工生了病，经常住院，甚至一度得了抑郁症，根本无暇顾及小孩的学习，完全

俄木家室内

指望着支教老师。

寒暄过后，竹内亮参观起了俄木家新建的房子。屋里有简单的家具，卧室的两张床靠左右两边的墙壁摆放。水泥墙面，即便是开了灯，屋里还是有些暗。但夫妻俩表示这比起以前已经好多了，房款由政府资助，俄木一

布拖县的安置房，村民刚刚搬进去不久

家自己修建。政府还给了装修的钱，但因为文古身体不好，还没来得及动工。

参观完房子，一群人围坐在火边。在屋里烧火，竹内亮被烟呛得有些受不了，问：“没有什么烟囱（排烟）吗？”徐亮告诉他没有，又说起自己当年支教的那个冬天，教室里也是生火取暖，烟熏得课都上不下去。现在通了电，也不允许上山砍柴了，烧火的情况也少了。

这天，俄木家特地准备了“坨坨肉”来欢迎恩师。坨坨肉是彝族的传统食物，曾被评为省级“天府旅游美食”，一般的彝族家庭只有逢年过节招待贵客时才会做。

这虽是一道大菜，做法却很简单，只需把当天刚宰好的猪肉炖熟，再放入篝火烤就可以了。徐亮像本地人一样熟练地给拍摄团队介绍吃法："虽然肉上会有灰，但是这个灰吃了也不会有问题，因为灰是干净的。如果肉烤煳了的话，用手把煳的地方去掉就好。"

竹内亮看着火旁的肉，直言道："这种直接烤的还真没吃过。"烤熟的肉就用一块纸板垫着放在地上。竹内亮拿起一块肉，边叫喊着太烫了，边忙不迭地送入口中。虽然被烫出了"痛苦面具"，但还是忍不住大赞"太好吃了"。品尝到这地道的美食，导演的眼神都明亮了起来，即使脸上蹭到了灰，嘴巴也一刻都停不下来。他好奇这么简单的做法怎么就能做出如此美味的食物。徐亮解释说是因为这里的猪肉特别好。生长在海拔两千多米处的高山猪，受山间物候的滋养，自然肉质肥美可口。

吃完饭走出门，已是暮色时分，竹内亮看到很多人拿着用树枝捆成的火把。这天就是一年一度的火把节。

对彝族人来说，彝族新年和火把节是最重要的两个节日。文古介绍说，彝族新年主要是吃饭、走亲戚，火把节主要是玩。彝族新年时，文古考虑的是今年杀多大的猪，到亲戚家拿哪块猪肉、什么样的糖果；而火把节前，文古考虑的是如何装扮女儿。

万众期待的火把节前后会持续三天。姑娘小伙子们不仅可以穿得漂漂亮亮，还可以参加走秀选美。女孩中的前三名会被评为金索玛、银索玛、铜索玛。索玛在彝语里是杜鹃花的意思，彝族人喜欢杜鹃花，民族服饰上

火把节

火把节上的孩子们

随处可见杜鹃花的身影，更有“有彝族人的地方就有杜鹃花”的说法。男孩中的前三名则会被评为金鹰、银鹰和铜鹰。获奖者不仅有奖金，还有证书，可以让祖祖辈辈都知道家里出过获奖的美女帅哥。

这两年因为疫情，大型火把节都取消了。竹内亮他们这天参加的，是村里组织的小型火把节。村民们围着篝火载歌载舞，俄木一家和竹内亮也加入到跳舞的行列中，每个人都玩得很尽兴。

外出打工的心酸

一家人其乐融融的时光也曾中断过。2017年拉洛七岁时，家里生活很困难，文古便带着拉洛去苏州一家水泥厂打工。

她们坐了两天一夜的火车，没有座位，就在过道里铺着纸壳睡觉，赶上下雨，纸壳都潮乎乎的。母女俩当时只有路费，在城里租房的钱是跟亲戚借的。

去了一个多月，文古看到很多和拉洛同龄的孩子都报名上学了，她也想让女儿上学，但是既没有学费，也没有回家的车费，愁得十几天没睡好。

后来她壮着胆子去找经理，在办公室门口徘徊了很久才进去，问可不可以预支点工资给小孩上学。经理让她写了借条，预支了三千块钱。拉洛的学费是两千一，还剩了九百，和女儿的生活费也有了着落。

文古在水泥厂干的是又脏又累的活，每天戴着保护手套，防止手指被机器弄伤。下班后，手掌都是黑的，用香皂和钢刷都洗不干净。她每个月的工资不到两千块钱，发了工资就要还之前预支的钱，生活费用完后又不得不再向老板预支，这样下来，尽管每个月都在拼尽全力地干活，但也仅仅是艰难地维持生计，没攒下一分钱。

过了大概十个月，有一天文古突然晕倒在食堂，送到医院后被诊断为心肌缺血，需要住院。文古交不起住院费，最后在亲戚的帮助下回西昌住了院。

住院时，文古要从早到晚地输液。到了饭点，她不放心让拉洛自己出去买饭吃，就只能等到晚上九十点输完液，母女俩一起去。病房在四楼，没有电梯，拉洛便陪着妈妈走一会儿，歇一会儿。

出院后，文古还是没法干活，只能一天到晚地躺着。这样的日子，让她更焦虑了，她甚至患上了抑郁症。

竹内亮一行去拍摄时，正是文古在家养病的时候。

2021 年 9 月拉洛到县城上学，丈夫让文古去陪读。她在亲戚家的宾馆找了份前台的工作，身体状况才慢慢好转。

经历过这些后，文古的生活态度发生了转变，她说：“年轻的时候可能会有好胜心，想着该怎么去弄到钱，但是我始终弄不到钱，我拼了命地干活，还是那点工资。现在岁数大了，我觉得小孩好，老公好，身体都好好的就好。”

那段外出的打工经历，除了弄坏了身体，也让女儿拉洛的性格发生了变化。文古察觉拉洛不爱跟父母沟通了，很容易发脾气，也不太能和同龄的孩子玩到一起。

有时候被气急了，文古也会责骂女儿。但事后又会很自责。她会向女儿道歉，告诉女儿她是因为太生气了，

在苏州上学时的拉洛

她也不愿意这样做。女儿也会抱她一下，跟她说对不起，但是转身就忘了，还是照常。

文古拿女儿没办法，只能反思自己。她想到当初带女儿在外地打工时，为了出门工作安心一点，就把女儿一个人锁在出租屋里，晚上要很晚才能带着吃的回家。她觉得女儿变成现在这样，可能就是因为那段日子太孤单了。

但文古也经常怀念过去的打工时光。文古嫁给俄木前就出门打过工，她是他们村第一个出去打工的。外出打工的经历，让文古的普通话说得比身边的彝族朋友都好。

文古回忆自己刚进城时，不怎么会说普通话，去小卖部买东西，只会用手指一指，也不知道问价钱，老板找多少就是多少。小卖部的老板一度以为她是哑巴。

虽然是跟老乡去的，但是文古总想跳出“圈子”，探索、感受别样的生活。于是，她自己又找了个厂，整个厂只有她一个彝族人。

那时，她和一个汉族妹妹玩得很好，两个人常一起行动：“下班就在厂门口买一个两块钱的卷凉粉，里面有黄瓜，坐在地上吃特别香。”那时候文古还没有手机，回到宿舍就看书，她喜欢买鬼故事，很薄的一本，三四十页，看了晚上不敢去洗手间。

文古也读过书

文古是读过书的，也正是因为读过书，去县城工作时，她才能从酒店前台慢慢被提拔为主管。主管的工资每月三千，每天晚上十点半下班，没有休息日。文古觉得这样自己和孩子都吃不消，便换到现在的酒店，只做前台，给客人办理入住、退房、开发票，每个月两千块。

但并不是所有彝族女性都能读书，在文古那一代人中如此，在下一代人中也如此，她的侄女就没有读过书，并不是因为家里条件不好，只因为是个女孩。家里的其他两个男孩都读了书，侄女却早早结了婚，三十岁就已经是三个孩子的妈妈了。如今侄女家也分到了安置房，搬到了昭觉县城。她找到了在餐厅当服务员的工作，虽然每个月也赚两千块，但比文古辛苦多了。

文古之所以读过书，是因为当年一个香港阿姨的资助。那位阿姨得知彝族女孩上学难的情况后，资助了四十多个女孩。当时主要在文古家的邻村招孩子，有些父母不同意女孩去读书，因为家里有活要干。文古家所在的村子并没有分配到名额，是邻村一个亲戚家的小女孩被选中了，亲戚把孩子的名额让给了文古，她这才有了读书的机会。从小学一年级到六年级，不用花一分钱，每年还会发新衣服，文古说起这事来便特别开心。

回忆起当时，文古说："小时候也不懂感恩什么的，现在回想起来，如果没有那个阿姨，就没学上了。"他们村子里，除了她只有一个男生上过学，还比她大十几岁。

小学毕业后，就要自己交学费了。那时候文古的爸爸去世了，家里拿不出钱，文古只能辍学回家。放羊时她常跑到山顶，看着山下的县城默默流泪，想念课堂，想念同学。

她和几个同学的友谊一直延续到了现在，还建了微信群，方便联系。文古跟同学们开玩笑，让她们杀猪时把最好的几块肉留给她，因为她们都有很好的工作，天天吃好的喝好的，只有她一个是农民，大家都笑她说这样的话。

文古的老公俄木也读过书，中专学历。家里几个兄弟，只有大哥和最小的他读过书，是大哥一路供他读下来的。俄木毕业后当过医生，但后来因为一些原因丢了工作。他虽然很少出门打工，但也明白出门打工的难处。很多彝族人都是四五十人一起通过中介公司出去打工的，因为不懂法，没有文化，没办法直接和厂子签劳动合同。如果工厂开十七块的时薪，中介会吞掉一两块钱，组织这些彝族人出去的带头人也会吞掉一块钱，这样到手只剩十四块左右，一天下来只有一百多块钱。大城市消费高，工资这么低，很容易让打工人失去信心，从而经不住诱惑去学坏，去偷、去抢，做违法的事。如果厂子里出了事故，工厂一般会按照法律程序来处理，可工人就会想得极端——“我给你干活，出了事你不管，不负责任”，从而用暴力的手段去解决。

俄木觉得这就是没文化带来的后果，所以他和文古希望小孩好好读书，不走辍学打工这条路。孩子们去县城读书后，他便让妻子去陪读，自己则留在老家搞养殖场，养鸡。这是政府扶持的项目，政府出资二十万，俄木和朋友出十万，鸡养好了有固定的销售途径。

虽然有妈妈的陪伴，但拉哈去县城读初中后，很不适应。以前小学一个班十二个人，县城中学一个班五十个人。拉哈在学校寄宿，不能每天都回家了，有次回家一进门就哭了。看到儿子这样，文古都要急疯了，拉哈却什么也不说，只是一直擦眼泪。俄木也特别着急，担心儿子被欺负了，不停地问儿子是不是出什么事了。

后来，在文古的安抚下，拉哈平静了下来，他告诉妈妈，他上课根本就跟不上，老师在屏幕上展示课件，他刚想记笔记，唰的一下就啥也没有了。有时，老师还不跟他讲话，他甚至觉得老师有些讨厌他。

文古很害怕儿子解不开心结，想着“万一我小孩废了怎么办？”，她抱着儿子，开导他：“妈妈上班的时候，虽然有时自己觉得做得特别好特别努力，但老板并不这样想，很多时候老板是要挑毛病的。但是妈妈会告诉自己我已经做得很好了，但我要争取做得比现在更好，那样才行。老师不跟你讲话，黑着脸，可能就是因为你学习搞不上去，老师生气了，所以你只能提高自己，去博得老师对你的认同。”情况到了第二年开始渐渐好转，拉哈也开朗多了。

妹妹拉洛在双河小学时曾被称为“王者”，因为她跟着妈妈在苏州读了一年级，底子比同村的孩子好。可是转到了县城读小学后，她也觉得吃力，吵着想回原来的双河小学。

以前她和哥哥跟支教老师很熟悉，不害怕老师，什么都敢问。现在学校人多了，老师顾不到每一个学生，甚至可能只跟成绩好的学生走得近。有时候批评孩子几句，老师可能没当回事，小孩却默默记在了心里。

但在俄木和文古看来，县城的教育质量更高，孩子上下学也更方便，和之前动辄一小时的上学路程相比，他们更愿意让孩子留在县城。

城市生活和山里的生活

竹内亮拜访俄木一家时，他们还没有搬去县城。竹内亮问曾经去过大城市的文古：“城里的生活和这里的生活，喜欢哪一个？”文古喜欢城里，她说：“当然是城里好，一切的一切都是城里的特别好。但是我也只是看表面咯，生活压力大不大没去想，只是想城里人穿得有多好，吃得有多好，生活环境也好，每个人看上去都舒舒服服的。”

生活在城里，有两个小孩，还有三十多个等着发工资的员工，每天连轴转的竹内亮感叹道：“这个不一定，这个真的不一定。”文古的话也让竹内亮意识到，即便很多彝族人的生活条件得到了改善，有去大城市打工的机会，但受限于教育水平和信息接受的差异，他们很难与城里人有共同语言。

当聊到外出打工、学习遭冷落时，徐亮说：“人家一看你，不怎么爱洗手，不爱洗脸，裤子是脏的。肯定不喜欢和你打交道。所以老师要教的不光是知识。”

徐亮当支教老师时，要求学生们上课前必须洗脸刷牙。学生每天早上带一个盆，学校提供毛巾、牙刷和杯子。

徐亮觉得这个习惯可能比知识更重要，这是他们走出大山的前提。

和俄木家第一天的见面，给竹内亮留下了很深的印象，竹内亮取消了之前的拍摄计划，决定继续跟拍俄木一家。

第二天凌晨五点，摄制组来到俄木家。早晨母女俩的安排是一起去地里割荞麦。彝族人喜欢吃荞麦，这在中国的其他地域并不常见，但和日本人很像。竹内亮曾听说彝族人是日本人的祖先，不知是真是假。

一路上，竹内亮看见地里有很多堆起来的荞麦垛，问文古为什么这样做。文古告诉他，这样才能晒干。

一到自家的地里，文古就开始快速捆起一束束荞麦，她从小就干农活，动作熟练得很。除了文古和拉洛，还有另外两个彝族女性也一起干活，其中一个背着小孩，另外一个怀孕了，肚子已经凸起得很明显了，但是这丝毫没有影响她干活的速度。在和她的聊天中，摄制组得知她从小就没有了爸爸妈妈，家里只能供一个男孩读书，所以她就成了要干活的那一个。

在干活的间隙，文古拿出手机记录摄制组拍摄的场景。竹内亮很意外，文古和自己竟然有相同的兴趣——拍视频和剪片子。他忍不住回头对着工作人员感叹："一边干活儿，一边拍视频、剪片子，太厉害了。"

虽然不擅长干农活，但是拍视频是竹内亮的老本行，于是导演开始对文古进行专业的指导："你拍视频的时候多拍特写。"文古不懂什么叫"特写"，竹内亮就拿过手

割荞麦回程

机来示范："特写就是近一点拍。先拍全景，固定一下，不要频繁地动。然后拉近一点，拍对方的表情、手的动作。"最后还满脸自豪地拍拍文古，补充道："我是导演。"

回程，一行人走在山间，道路是修整硬化过的，外侧还有护栏，护栏外是郁郁葱葱的农田。竹内亮帮忙背着竹篓，和一起来干活的两位女性聊了起来，他问她们的老公现在在哪里，怀孕的女性回答道："在中山那边打工。""那只能一年见一次面？"她接着答道："对，本来我也要去上班的。在那里打工，做风扇，一个月能挣五千多。"竹内亮惊呼道："那很多了。为什么回来呀，是因为生小孩吗？"对方解释说因为怀孕了，就不能在那里上班了。竹内亮接着问："那想去中山吗？"女孩认真地点了点头说："想。我不喜欢这里，本来我想搬家的，但是因为没钱嘛。没钱，什么地方都去不了。"

一番交流下来，竹内亮了解到这里的村民们过着近乎自给自足的生活，俄木一家的年收入也只有六千元。

干完农活回到家，终于迎来了盼望已久的早饭时间。文古做饭，拉洛帮着生火。农村长大的小孩和城里的不一样，都很能干，竹内亮很想给自己的两个孩子看看这里的孩子们有多勤劳。

这天早上，文古给大家做的是荞麦面，浇上自家做的辣椒油。竹内亮大口地吃面，边吃边赞叹："好吃。干完活吃饭特别香。"摄制组的编导更是盛赞："这是来大凉山后吃到的最好吃的一顿。"

饭后，大家坐在屋外聊天。竹内亮问两个小孩，是

割荞麦回来，文古做早饭

在俄木家吃早饭

想去城里还是想待在大凉山。拉哈说："待在山里比较好，（我对）城里的环境比较陌生。"文古在一边温柔地对他说："以后就好了，就不陌生了。"接着，她又对竹内亮解释道："没出过远门才会这样。"

竹内亮问一家人以后的打算，爸爸俄木说："以后想尽量把孩子往学校里面送，他们能去哪里，读到什么程度就是他们自己的事情了。如果他们以后学好了，有机会去好点的学校，自己有一技之长的话，（生存）问题就不存在了。在什么地方都可以发展下去。像我一个人，干体力活照顾一家人，根本照顾不来的。所以我们现在就是需要老师，需要支教老师，需要优秀的大学生到我们山区来支教。希望他们能把知识带给我们的孩子，包括生活习惯，人与人的沟通方式，等等。生活习惯好了，他到外面去，走出大山，进工厂，到城里面生活，就很容易融入城市的环境。”

但是他马上又补充道：“我们也不能太自私，黄老师、徐老师在这里待了一两年了，我们也没有给他们报酬。如果让他们在这边待个五六年，带我们的孩子，也是不可能的，人家还有自己的事业要做，待个一年已经算是很好了，这边生活条件又苦。所以还是要靠政府，招老师的时候，应该找优秀的大学生，应该多花一点钱，多

早饭后拉哈和拉洛洗碗

在俄木家新居外聊天

招几个人。这样，孩子的学习成绩一下子就能起来了。”

竹内亮问两个孩子的梦想是什么，拉哈想当个演员。竹内亮惊喜道：“演员！真的！可以啊。你长得那么帅，可以试试。”拉哈腼腆地笑起来。妹妹拉洛也在一旁笑。竹内亮接着问：“想当什么样的演员，你喜欢谁呀？”拉哈喜欢周星驰和成龙。竹内亮听到成龙很兴奋，这是他汉语知识库里储备的人名，于是赶忙说：“啊，成龙，演动作片的。”

轮到拉洛了，小女孩说：“我想成为一个舞蹈家。”竹内亮让她跳来看看，拉洛笑着使劲摇头。文古在一旁补充说拉洛很小的时候，只要有节奏，就会全身跟着动起来。自己和女儿在外打工时，白天把女儿锁在出租屋，晚上回去时，女儿会跟她说看了什么视频，又学了一个什么舞蹈。

可是有时候，梦想归梦想，现实归现实。

如今拉洛和妈妈一起住在布拖县，文古说布拖县城也没有教跳舞的地方，更大的城市西昌有，可是他们又没办法负担在西昌的生活费用。

文古对两个孩子没有特别高的要求，只希望他们将来有个工作，踏踏实实地，能养活自己就行。至于他们喜欢什么样的工作，看他们自己。但是她和丈夫是绝对不会允许他们中途辍学去打工的。

拉哈的朋友中有小学毕业就辍学的，文古觉得特别可惜。她印象中，那个孩子学习很努力、很自觉，他提出小学毕业后要去打工，家里人却不管。换作文古，她是绝对不会同意的。

在跟拍俄木家的这两天里，拍摄团队感受到，父母的眼光和见识，决定了孩子的未来。孩子的未来，就是大凉山的未来。真正的脱贫，关键在教育。

文古来信

我叫文古么次干，住在大凉山深处。这里曾是我国最贫困的地区。我没有上过几年学，从小我的梦想就是像大城市里的孩子一样上大学。可我的梦想没有实现，上完小学后，我就没有上了。后来我结婚生子了，我想让我的孩子好好上学，将来考上大学。可我们这里教学质量差，县里的老师大都是中专毕业，各乡村小学的老师大都是初中毕业的。就这样我们这里还是缺老师，一个班就一个老师。我想让我的孩子能上好点的学校，就带上他们外出打工让他们在外地上学。可当时我们的工资不高还要让孩子上学，我们的生活费都不够了。2017年的时候我听说我们村的学校来了大学生支教老师，就带上孩子回老家找支教老师。支教老师听了我的话后就让我的孩子在他们班里读书。回来后我们的生活压力不大了，老师也很关心孩子。第一批支教老师走后又来了第二批。我的儿子小学毕业后考上了会理市民族中学，我的女儿也去了县里读小学。我的孩子能考上好的学校都是支教老师的功劳。我想感谢所有的支教老师。

回想2020年7月20日，那生命中最难忘的火把节。诺苏彝族一年一度的火把节是最热闹的，男女老少都会穿盛装，有斗牛、斗马、斗鸡、选美、跳达体舞等各种活动……今年我也穿上了漂亮的衣服，牵着我们支教老师的手，跳了一次达体舞。因为竹内亮老师来我家过火把节，我们全村办了一个欢迎仪式，也实现了我们全村男女老少办一个小型火把节的梦。我们孩子的支教老师徐老师、郝老师，还有黄老师，他们返家后，回来家访过孩子们两次。写到几位老师我又忍不住哽咽了一下，因为他们奉献了很多，他们很辛苦，他们的好，只有我们这些做父母的知道——赶集没有车，去买点菜都要走很长的山路，每次去家访都是要很晚才能返回学校的小宿舍……敢问有多少人会像支教老师一样奉献自己呢？

我和哈妮老师的“悬崖村”一天

那天我八点从布拖出发，十一点左右到“悬崖村”。头天晚上我就很紧张，因为从来就没有去旅游过，也没有想过我有去“悬崖村”的机会，我特别特别地开心。到了山下我们吃了一点东西，然后出发。看到“悬崖村”三个字特别壮观，我有那么一点小兴奋，想马上就爬上去。一路上我和哈妮老师一直互相照应着，时刻提醒彼此要小心一点。我觉得这里的山路没有前一天晚上我想象中的那么陡，但谁知越往上爬就越难。我觉得哈妮老师特别棒，我一直跟在她后面爬，在我的想象中，城里的姑娘都是娇气的，不能走那么远的路的。

文古、哈妮摄于攀登“悬崖村”途中

文古 摄

爬了不知有多久，钢梯越来越陡，高度也越来越高，有一节是我站在上面都会腿发软的那种，心想："妈呀，能爬上去吗？怎么下来啊。"

在哈妮老师的鼓励下，下午三点多我们两个终于爬到了顶，进了"悬崖村"，当时我的心情就是："哇，太好了。"我真的特别荣幸，我做梦都想不到会有那么一天，我特别幸运，特别特别地幸运，这一趟旅行是我此生，最幸福的时光之一。

到了“悬崖村”，我们遇到了一位叫某色的放羊大哥，就他一个人在“悬崖村”，他说他们有七八个人留下来放羊，其他的老乡都搬进了城，这几天几个伙伴进城了。我们跟他了解了“悬崖村”的来历，他说以前，他们是黑彝的部下，结果黑彝去了某个地方，就留下了他们几户人家，后来发展到了几十户。他们赶集要去很远的地方，从早上出发，晚上才能回到家，就靠种点粮食为生。他还说他们那个地方没有火把节，谁能想象，一个村能偏远到火把节都没法过呢？有点感慨，感觉心酸酸的，因为想到了以前爷爷奶奶辈儿，也过得很辛苦。和某色大哥聊完后，我和哈妮老师得抓紧下山，因为害怕天黑就回不去了，我们匆匆和某色大哥告了别。

我和哈妮老师走了一小截路后，还一起朝某色大哥在的方向喊了“卡莎莎”（彝语“谢谢”的意思）。对我来说这也是在告别“悬崖村”，我知道以后就不会再来这里了。当时我俩也没说别的，但我内心，有着说不出的滋味。

就这样，我们俩就下山了。下山的路还好，也有很陡的地方，不敢正面下去要倒退着走的那种。到山下时已经快六点了，两个人的腿都是软的，没有力气了。对这次旅行，我心里还有很多很多不知道该怎么表达的情感。

乡村与县城的对比

以前在老家，三月份种土豆，四月份撒种子，种玉米，七月份割荞子，八九月份挖土豆，十月份收玉米，其余的日子里妇女们就负责捡柴。除了捡柴，各个村的婆娘还常一起跑到山上挖草药，但草药少之又少。当时的收入一年下来也就凑合着能吃饱穿暖，基本上存不了款，跟县城比起来，那种生活可以用糟糕来形容。但是现在好了，有政府的帮助，贫困户也脱贫了，有电炒锅、电磁炉、电饭煲，山上的柴也不用捡了，妇女们也可以出去打工了，现在我感觉挺幸福的。

现在在县城，可以随时洗澡，也可以往脸上擦点东西，衣服每天都会穿很干净的。我现在在县城做酒店的收银员，每个月挣两千块，儿子在会理上初中，女儿在我身边上小学，这两千块够我和女儿的生活费。对一个农村妇女来讲，现在这样的收入，已经让我很满足了。随着物价的上涨，我也希望能挣多一点的工资，但现在因为女儿还在这边上学，我不能出去打工，出去的话，在工厂一个月的话可以拿三四千。

如果问我有什么愿望的话，我的愿望是：

1.所有的人都平平安安的，健康最重要嘛！2.希望儿子和女儿能好好学习，以后能找到工作。3.等孩子们长大了，我再找一份工资高一点的工作，赚多一点钱。

四十年了，我头一次写这样多的字，想想，好多个头一次都是因为有你们的出现。

守望

拉哈

一方小院，缕缕炊烟，土砖筑就的农家小院；一扇大门，暗红的门板，锈迹斑斑的铜锁和老式的门环，一个老人，坐在院里的小马扎上，听到一点动静就推开门张望……

近了，老屋在迫切的脚步中近了，远远看见东张西望的奶奶，我满心欢喜地大喊：“奶奶，我来了！”一声颤抖着的、喜悦的回应响起：“欸！俺娃回来看我了！”我飞奔于青石巷中，街坊们的问候声和聊天声从耳边呼啸而过，“那娃子从小是奶奶养大，感情可深哩，他奶奶总是守在家门口望着……”思绪随着奶奶亲切的呼唤回了家，回到了最初的美好。

夏夜和小伙伴玩疯的我找不到回家的路，一个人迷失在田野中，偶尔有蝉鸣传来，我却没有听见奶奶的呼唤声。乡间的歌谣，是我永远的依靠。

迷糊中到了家，看见奶奶依然守在门口，望着远方的路，徘徊在家门口，时不时地跺几下脚，月光打在她身上。看到我后，她说了我几句，说要打我。我说道：“猜你也不敢收拾我，我可是你的亲孙孙，从小到大，你都没打过我。”

我守望着家乡的亲人，奶奶在小院守望着我们。

Chapter 3

扶贫的关键——教育

离开俄木家之后，拍摄团队来到了他们此行最重要的目的地——徐亮曾支教的布拖县采洛村双河小学。

人生有很多缘分，竹内亮如果没有遇到徐亮，就不会拍这部纪录片。出生在南京的徐亮如果没有二十四岁那年的骑行，就不会和大凉山的双河小学有任何交集。

2017 年 7 月，在加拿大读书的徐亮回国过暑假。本身就是骑行爱好者的他，怀揣着磨砺人生、探索世界的梦想，与同伴展开了骑行计划。他们从丽江出发，沿着 G214 公路，向西藏芒康盐井方向行进。

在大城市里长大的他，从来没想过自己能不分昼夜，十几小时骑行一百多公里。一路上还遭遇了被狗追、车爆胎等突发状况，好在最后都顺利解决了。虽然这趟旅行因为同伴身体不适，没有到达他们的目的地，但是这次经历让他备受鼓舞。在整个旅程中，有一件事给他留下了难以磨灭的印象。

在骑行至梅里雪山脚下的明永村时，他们无意间经过了一所希望小学。学校的门口有一座纪念碑，上面写着一位支教老师的故事。

这位老师名叫马骅，是一位诗人。他 1991 年考入复旦大学国际政治系，在校期间，常活跃在复旦诗社与燕园剧社，在很多大型活动中都能看到他的身影。1996 年毕业后，他先后在上海、厦门、北京、青岛等地居住、工作。2000 年他来到北京，成为“北大在线”的元老之一，还曾将周星驰请上北大讲台。2003 年 2 月马骅放弃了城市生活，只身来到明永村支教。他教授孩子们知识，与当地人一起建篮球场、浴室。然而，2004 年 6 月的一个黄昏，他在从德钦县回明永村的路上，遭遇交通事故，他所乘坐的车辆在明永冰川景区公路距澜沧江桥 300 米处坠入江中，下落不明。

在现存的关于马骅的纪录片中，能看到他与学生们在一起的热闹场景：孩子们会在走廊上排队等着改作业，做错了就要挨几个“脑瓜嘣”；闲暇时，大家会围坐在一起，唱着由他的诗歌改编的《明永歌谣》：“喝过的美酒都忘记了，只有那青稞酒忘不了；经过的村庄都忘记了，只有那明永村忘不了；走过的大河都忘记了，只有那澜沧江忘不了；看过的雪山都忘记了，只有那梅里雪山忘不了……”

马骅的故事给了二十四岁的徐亮巨大的震撼，他当即决定毕业后一定要去支一次教。他说这是他青年时代做的最“冲动”的决定。

其实，没有平白无故的冲动，只是心中潜藏的某种渴望，在瞬间被激活。除了马骅的故事，出国留学的经历也让他对自己出生、长大的土地产生了强烈的探索欲。

徐亮出生于南京的中产家庭，研究生期间去加拿大读书。在和外国同学一起交流时，徐亮发现他们对中国并不了解，只知道北上广深几个大城市，以及熊猫、长城这种有象征意义的符号。但同时他也意识到，可能不仅是外国人不了解中国，连他自己也不够了解生于斯，长于斯的祖国。

2018 年回国后，徐亮立即在中华支教与助学信息网上提交支教申请。在选择地区时，他想着既然要去，就去最具代表性的地方，因而他查询的都是云贵川一带的资料。因为他喜欢吃辣，西昌还有航天城，所以最后他将目标锁定在了凉山。

在正式支教前，徐亮经过了半个月的教师基础培训，内容包括备课、课堂设计、课堂实践、心理疏导等，负责培训的老师也介绍了当地的条件，但是等真正到达支教点双河小学，看到眼前的情况后，徐亮还是有些手足无措。

摄影师徐亮的支教生活

支教的第一个月，是阴雨绵绵的一个月，海拔两千多米的山上更是寒气侵骨。

徐亮第一天去学校，看到空了一个假期的校舍，墙壁已经潮湿发霉，屋里有虫子不说，还有老鼠出没。他心里打起了鼓：这房间能住吗？

由于实在无法接受宿舍的环境，加上奔波了一天也没有力气去整理房间，徐亮就在教室搭帐篷，穿着衣服、裹着被子睡了一晚。在这里，甚至连上厕所也变成了一个考验，厕所不仅在室外，没有灯，还是旱厕。但他想，既来之则安之，不能适应也得适应。

第二天雨停了，他开始在屋里点柴火，试图把房间熏干，然后进行全面打扫，清理垃圾，整理床铺。等太阳出来后，又把被子拿到外面晾晒。

几天后，学校迎来了新学期，学生们返校了。双河小学是村小，村子根据村民的居住情况分成了六个组，一组是离学校最近的，六组最远，小孩上学大概要走两个小时左右。

徐亮在双河小学支教

全校一共有二百多名学生，小学一到六年级一共一百九十多人，还有一个学前班。有六位彝族本地老师，小学四名（包括校长），学前班两名。四位小学老师负责六个年级的教学，六个年级六个班。

老师不够，只能靠支教老师帮忙。很多支教老师身兼两科，除了语文、数学，有时还要教一些副科。本地招老师对学历的要求不高，大专以上就行，支教老师则多是已经毕业或快要毕业的大学生。

徐亮被安排负责教五年级的数学和语文，这么多年过去了，他依然记得语文五年级上册第一节课的内容是一首思念故乡的诗歌——王安石的《泊船瓜洲》。

孩子们见到新老师很害羞，尤其是女孩子。徐亮觉得他们很单纯天真，玩的游戏还是年代久远的跳格子、跳皮筋。但与此同时徐亮也注意到孩子们的头发常是蓬乱的，脸蛋上挂着在各处沾染的灰尘，指甲里也积满了污垢。

他们没有清洁自己的意识，本性跟大自然亲近，平时在山上牧牛、放羊，困了就睡在草地上；开心了，就在草地上打滚；和伙伴们打闹时，也经常会躺到地上。不仅是孩子，徐亮去家访时留意到，孩子的家里也不怎么打扫卫生，沙发、床上到处都堆着衣物。

因而，卫生教育成了比教授课本知识更迫在眉睫的事。为了攻克这一难关，支教老师会要求学生每天一进学校便洗手洗脸。特别是每周一，升旗仪式后，老师们会检查学生的仪表，合格后才能进入教室。

当老师的不易也是徐亮未曾料到的。为了让那些调皮惯了的孩子好好学习，他只能先慢慢跟孩子们熟悉起来，等打成一片，有了感情之后，再循序渐进地教导他们为何要好好学习——对于他们中的很多人来说，学习是改变命运的唯一途径。

徐亮自认为对孩子们有点严厉，但有些家长很支持老师这样做，尤其是那些出去打过工的家长，他们在外增长了见识，对孩子的学习也上心。他们会跟老师说“如果孩子不听话就往死里打”之类的话。家长们多数没有什么文化，只能从事体力劳动。他们看到支教老师不计成本地去帮助孩子学习、照顾孩子们的生活，甚至提供物资上的支持，就知道老师们是可能改变孩子命运的人，便把支教老师当亲人一样。

不过，更多的彝族家长不会管孩子那么多，有些孩子的父母都出门打工了，有些孩子的父母已经过世，支教老师有时甚至要担负起监护人的重任。

从 2018 年 7 月到 2019 年 1 月，徐亮在双河小学支教了一个学期。指教接近尾声时，他十分纠结，想留下来，觉得孩子们刚适应了，他就要离开，对孩子们来说有点不公平。但在支教期间他发现了自己更想做的事，他给孩子们拍了很多视频，想着将来为他们做一部纪录片，让更多人知道他们，知道大凉山。

黄琦接过接力棒

徐亮结束支教后，黄琦接过了接力棒。他从 2019 年 2 月正式开始支教。

黄琦是湖南人，大学的专业是生物工程，毕业后听从家里的安排，在成都的一家白酒公司当品酒师，工作了七年。这期间，他参加过 2016 年四川省白酒品评职业技能竞赛，获得第三名，还曾通过行业选拔，担任白酒评委。

到了第七年，三十岁的黄琦看到了职业发展的局限，决心要辞职，但没想好下一步的方向。此前的人生像是一直被命运推着走，没有主动选择过，三十岁以后的人生规划，他想给自己留一点时间好好考虑。

黄琦从小就想去山区里面给小孩子当老师，为社会做一点贡献。在给“顺水推舟”的人生按下暂停键后，他就想到了去支教。

黄琦在中华支教与助学信息网上看到北京百川公益基金会有近期招募老师的需求，四川的支教点全部在凉山，于是，他就这样来到了这里。

和徐亮刚去时的阴雨绵绵相比，黄琦到布拖县的第一天天气特别好，阳光很强烈。学校还没开学，校长接待了四个新来的支教老师——都是小伙子，黄琦是队长。

为了迎接他们，校长特地做了坨坨肉。公益机构的工作人员告诉这些老师，这是一种礼遇，只有招待客人时才会做。

黄琦后来才知道，村子附近没有什么物资可购买，买菜得走一个多小时，去乡里的集市。集市只有星期天才有，当地人吃得都很简单，猪肉已经算是比较好的东西了。

支教老师们在去学校之前，基金会请“老支教”，以及凉山当地的督学给他们做培训，详细介绍了当地的风土人情，还有他们要面对的生活环境，以让他们做好心理准备。因而，在黄琦的想象中，学校应该是土坯房，经常停水停电，没有信号。但真正到达学校后，黄琦发现一切比想象的都要好一些。在来支教前，黄琦曾网上搜索过布拖县，与地名同时出现的关键词常是艾滋病和毒品，他没敢告诉爸妈。到了布拖之后他才了解到，这几年当地抓得严，尤其在禁毒方面，平日里坐客车，都有警察来检查身份证，没有的人会被叫去做血检。

不过黄琦坦言，第一个学期还是挺害怕的，不太敢和学生有肢体接触，特别是看到孩子们有伤口时，心里就有点发毛。在学习了艾滋病传播的相关知识后，就没有那么担心了。

校长给新来的老师们分配任务，黄琦教的是五年级

黄琦老师的课堂

和二年级的语文。

孩子们怕生，建立信任是第一步。在黄琦带的班里，有一个不太愿意沟通的女孩。有一次黄琦留没写完作业的学生在学校写作业，女孩的爸爸找来了，了解情况后上手就要打孩子，黄老师赶紧阻止。那一刻他明白了女孩不愿沟通的原因。

自那之后，黄老师就特别注意和女孩子的沟通方式。他知道彝族女孩在家里的地位不高，平时要承担很多农活、家务活，家里对女孩倾注的心血少，不少家长舍得花钱供男孩子读书，但对女孩，大多是让她们初中毕业后就出去打工，甚至有的女孩子初中还没毕业就出去打工了。

黄老师在上课过程中，会特意多给女生表现的机会。比如上体育课做游戏时，会让女生当组长；班里无论是发物资还是发奖品，会倡导女士优先。

时间长了，孩子们看到老师真心对他们好，便也开始真心对待老师。黄老师觉得因为山里的孩子们平时接触的人不多，一个家庭有三四个小孩甚至更多，父母要赚钱养家，对孩子的关怀和爱护就会变少，所以支教老师平时对他们的关心——给他们什么吃的，或者发点什么奖品——他们都会记得特别清楚。

周末也会有很多孩子跑到学校来，他们特别喜欢哪个老师，就会敲那个老师的门找老师玩。孩子们还会用鲜花表达心意，有的女老师甚至每天都能收到花。

孩子们周末放假也会跑到学校来，既是因为喜欢老师，想和老师在一起，也是为了逃避在家干农活。所以当老师说周末要补课，孩子们反而是开心的。

老师们也顺着孩子们的心意，周末组织大家做各种活动，在教室里看电影，玩老鹰捉小鸡、123 木头人。

黄老师的选择

刚开始支教时黄琦特别自信，因为做品酒师时常给客户做讲解，所以他觉得自己讲课也会得心应手。但真正开始教学后才发现，让孩子提高成绩，是一项非常艰巨的任务。

山里孩子最大的问题是语言障碍。他们平时在家里都说彝语，可能十个家长里面，只有两三个普通话讲得不错。孩子们的汉语水平一般都不高，到了高年级以后，语言也会影响他们其他科目的成绩。

黄琦支教完一个学期准备离开时，有很多遗憾。虽然他觉得自己下了功夫，但当时五年级学生的成绩并不理想，跟之前相比没有明显的提升。

一个学期说短不短，说长也不长。支教老师虽然认真负责，但是距离真正的专业老师还有差距。他们需要去了解孩子、改进教学、学习提升，而这些都需要时间。等老师真正摸索出适合自己班级的教学方法后，却到了该离开的时间，所以很多支教老师对自己班的成绩并不满意。

黄老师和孩子们在一起

在黄老师所在的布拖县，学生们的语文、数学单科平均分一般只有三十几分，好一点的四五十分。县城最好的几个班，低年级的大概八十多分，高年级的也就六七十分。

除了遗憾，黄琦也特别不舍。这里的孩子懂得感恩，老师对他们好一点，他们便“倾尽所有”回报老师。虽然只有一个学期，但黄琦已与他们建立了深厚的感情。他知道六年级特别关键，是孩子们人生中的转折点。城市里的孩子会有很多机会，小学不行，考一个好的初中，初中不行，就努力考一个好点的高中。但是山里的孩子不一样，小学可能就决定了他们的人生。他放不下这群孩子。

当地的中学教学质量比较差，管理也松散，能考上大学的寥寥无几。只有小学毕业考试成绩好一点，才有机会离开当地，到大城市西昌或者其他县比较好的学校念书，这样才可能考上好的高中，继而考上大学。否则孩子们在当地读完初中以后，大概率就去打工了。

黄琦很不放心。他本打算支教一学期就离开，但他又怕下一个老师不能很快上手。经过一番心理斗争后，他决定继续把孩子们带到小学毕业，争取让他们都能升入好点的中学。

虽说下了决心，但毕竟不是专业教师，黄琦还是怀疑自己就算留下来，也不能帮孩子们提高成绩，改善生活。

但他还是想努力一下。除了牵挂孩子，他发现经过了一个学期的支教，自己开始对教师这个行业产生兴趣了，这或许就是可以毕生从事的事业呢。

家庭对孩子影响深远

有的孩子听话努力，有的孩子让人恨铁不成钢。

黄琦班里有三个小男孩，特别聪明，成绩也不错，但就是不按时完成作业，甚至连续几天不写作业。黄琦替他们干着急，明明他们的未来有很多可能性，为什么就不能努力点？最后索性就让他们每天放学后，写完作业再回家。

刚开始三个男孩不服气，跟老师作对。黄琦跟他们说话，他们都不怎么回应。

冬季天黑得早，写完作业，黄琦会亲自将他们送回家。时间长了，孩子们也慢慢发生了转变，他们会在和老师告别时说一句“谢谢老师，再见”。后来，其中一个孩子还执意和老师一起先把别的孩子送回家，再回自己家。黄琦问他怎么不先回家，他说想跟老师多说会儿话。

黄琦在他们身上花的功夫没有白费，到六年级下学期时，他们的作业就不用操心了。

黄琦平时会跟学生们说，周末想到学校来写作业，或者找他辅导都可以。有时他周末上午要去乡里赶集买东西，告诉孩子们下午再来，回来时却发现孩子们已经在教室里认真地写作业了。

六年级下学期，班里的学生已经都能按时完成作业了。

经过了一年的努力，黄琦班里成绩比较好的两个学生，一个去了会理市的民族实验中学，一个去了西昌市的一所私立学校，还有一个学生去了绵阳的艺术学校学舞蹈。其他学生多数留在布拖县当地读中学。

越到孩子们快毕业的时候，黄琦越意识到自己能做的太有限了，很多事情不是他努力就一定会改变的。就像孩子们去哪儿读书最终决定权是在家长手中。有些孩子本有可能去其他县读书，但父母觉得没必要，便留在了当地。

支教老师们希望和家长多沟通，但是很多孩子的父母、爷爷、奶奶都只会彝语，老师想跟他们谈话，只能让孩子做翻译。还有很多孩子的父母都出去打工了，等他们回来，支教老师也已放假离开学校了。

黄老师带六年级时，为了解决家校沟通的问题还建了一个微信群，把学生的成绩和班级活动信息分享到群里，让在外打工的家长也能及时了解孩子在学校的日常。他想通过这种形式唤起家长对教育的重视。

就这样，黄琦从 2019 年 2 月，一直待到了 2020 年 7 月，送走了一批孩子，也等到了徐亮带着拍摄团队，回学校拍纪录片。

日本没有支教老师

时隔一年半，再回到双河小学，徐亮第一眼便注意到学校新建的教学楼。那是一栋三层的白色建筑，廊檐有蓝色的勾边，矗立在低矮的瓦房后，格外显眼。他带着竹内亮去参观了老师们的宿舍。两人一间，上下铺。竹内亮拍了拍硬邦邦的床板，问徐亮："你在这儿住过半年？"竹内亮原以为支教老师都是一个人住一个房间，徐亮反问他："你以为这是酒店吗？"

支教老师的宿舍也成了摄制组这几日的落脚地。竹内亮对此最大的感受是，支教太辛苦了。不光床很破，洗澡的地方也很简陋，厕所也特别脏，就是挖了一个坑而已。

竹内亮佩服那些从大城市来的年轻人，如果让他在这里待半年，他肯定受不了。

日本没有这样的支教制度。一个东京的大学生不会去日本的农村支教。在日本，农村和城市的教育水平也相差不多。但在中国，他认为自家孩子在南京接受的教育，水平超过了日本，可是大凉山的农村孩子能得到的教育资源还是那么有限。竹内亮觉得单纯靠支教老师肯定不行，愿意去支教的老师毕竟是少数，靠当地人也不行，当地的老师水平也有限。

可是在黄琦看来，靠支教老师，是现阶段唯一可行的办法，因为政府招不到那么多正式的老师。黄老师所在的布拖县算是条件比较好的，一个新入职的、有编制的老师每月工资有四千多。虽然每年都在招人，但编制有限，很多人考不上，也有考上之后因为山区偏远，生活不方便，放弃名额的。

这两年，山区学校的硬件设施已经得到了改善，很多学校都建了新的教学楼，配备了多媒体教学设施，很

从双河小学的教学楼向外眺望

竹内亮在双河小学前和孩子们玩耍

少有那种条件特别差的学校了。但是交通的不便还是当地的显著问题；从布拖县城坐车到黄琦支教的双河小学要两个小时左右，都是山路，很颠簸。村里几乎没有娱乐活动。平时在学校食堂吃饭，周末得自己做。买菜也不方便，除了去赶集，只能从偶尔路过的货车上买点新鲜的蔬菜水果。

除了招正式的老师，政府也招募支教老师，比社会公益组织的待遇稍微好一点，还提供支教证明。但门槛比较高，比如要有教师资格证，很多社会公益组织招支教老师是不需要的。即便如此，这里的老师还是有很大的缺口。

考虑到频繁换老师可能给孩子们带来成绩与情绪的波动，黄琦所在的公益组织要求老师们至少待满一个完整的学期。

可是对支教老师来说，长期支教首先要面对的就是经济压力。公益组织只能提供每个月基础的生活补贴，这些钱差不多只够吃饭，根本无法支撑额外的开支。所以要长期支教，需要有一定的经济基础，或者家里支持，能够提供经济资助才行。

在双河小学门口

斯人若彩虹，遇见方知有

虽然支教点物质条件不好，但老师们却收获了丰厚的精神、情感财富。黄老师和很多有支教经历的老师聊过天，大家都不觉得支教是一段苦日子，反而觉得那是人生中一段刻骨铭心的幸福时光。黄琦说支教期间脑子里只有一件事，就想着怎么带好班上的学生，怎么给他们关爱，怎么让他们更好地成长。全心全意做一件事情，开心、充实。

黄琦从未感觉到自己那么被需要过。之前工作的七年，他像一个工具人，机械地完成本职工作。但是支教不一样，山里很多孩子的父母都不在身边，甚至有些孩子的父母已经去世了，由爷爷奶奶照顾。孩子们发自内心地把支教老师当作他们的亲人，甚至当作爸爸妈妈一样看待，生活、学习上有任何事情，第一时间想到的都是老师。每个学期结束后，孩子们会给老师写信、打电话问老师下学期还来不来。

黄琦觉得自己的每一点付出，都得到了孩子们的回报。想到这些，黄琦就觉得特别欣慰，特别有成就感。

那种成就感远远大于他此前在工作上取得的所有成绩。

基金会和学校领导几乎不会给支教老师压力，只要完成本职教学工作就可以。压力更多地来自个人，来自想要对孩子的人生负责的心。

一年半的支教生活，让黄琦的人生观发生了改变。之前他会追求物质生活，支教后他才真正打开心门，接受自己，了解自己真正想要做什么，知道做什么能让自己幸福。

支教结束了，他也想清楚了未来的人生方向，他决定从品酒师转行当一名老师。虽然收入不高，但是此刻他早已明白，只有做些自己真的喜欢、有成就感的事，才不枉这一生。至于结婚生子，他觉得人就这一辈子，还是得为自己活、考虑自己真正想做什么，在完成自己事业的同时，能兼顾家庭是最理想的状态，可遇不可求。

离开支教的小学后，黄琦先去了培训机构，如今一边准备正式老师的考试，一边做代课老师。

黄琦的老家在湖南，但他选择了留在四川，或许还会继续在山区当老师。他说在山区当老师有种使命感，一个负责任、关心学生的老师，可能真的能改变一些孩子的命运。不过黄琦也没有抱过高的期待，他明白老师的存在如果能帮助孩子们找到人生的梦想、树立人生的信念，对他们的人生产生一些积极影响，就已经很不错了。

2022 年新年伊始，黄琦在朋友圈分享了同期参加支教培训的曲则全老师的原创歌曲——《遇见方知有》。从 2017 年 9 月到现在，曲老师已经支教五年了，他擅长弹吉他，也能写歌，梦想能组建一支大山里的校园乐队。如今他的愿望成真了。

这首《遇见方知有》是曲老师和他的乐队“望乐（lè）队”送给支教老师们的歌，标题出自电影《怦然心动》里的台词：斯人若彩虹，遇见方知有。

《遇见方知有》

老师：

我来自远方城市的大厦高楼
我路过走过大地的山川河流
我们共有一个温暖的梦
想要和山里的孩子成为朋友
我已经在这里度过了几个春秋
在三尺讲台坚信我的初衷
他们可爱的笑脸啊让风也温柔
一封封信件和画问你此生何求

孩子：

曾经我的生活只是满山羊牛
直到有天他们出现在路的尽头
带来文学数字还有琴声悠悠
山花烂漫让时光在此刻停留
一起观云赏雪的奇妙感受
也有高分试卷的满满成就
时间仿佛按下了新的按钮
我们也期待你啊还未相遇的朋友

合唱：

所以请不要犹豫勇敢握住我的手

为青春和童年共干一杯酒

你会是天空中一道绚烂的彩虹

让我们期待遇见方知有

所以请不要踌躇勇敢伸出你的手

宇宙很大让我们一起走一走

你会是天空中一道独特的彩虹

让我们等待遇见方知有

你会是天空中一道独特的彩虹

让我们等待遇见方知有

阳光照进大山里

黄琦

(一)相逢

2019年2月16日是我初到凉山，与北京百川公益基金会结缘的日子。先前便早有耳闻，西昌是个四季如春的城市，果不其然，出了火车站，我便热得赶紧脱下了厚重的羽绒服，换上了一身轻便的春装。碧空万里，阳光普照，强烈的日光晒得皮肤隐隐刺痛，但是却给这趟难忘的旅程赋予了一个温暖的开端，我感到莫名的快乐与悸动。

出站口旁艳丽得刺眼的三角梅，似乎大声提醒着人们——西昌的春天早已到来。经过一番寻找，那些支教群里早已认识却未曾谋面的伙伴终于出现在眼前，大家三三两两地会合，像三角梅一般簇拥在一起，互相做起了自我介绍。初次见面，大家难免都有些拘谨，相比在网上聊天时的活泼逗趣都收敛了不少，不过没多久，这些有趣的灵魂便开始展露出他们各自的本性了。

“大家好，我是这学期公益支教的小助手——沙衣木莫，各位叫我木木就好。”眼前这位个子不高，衣着朴素

百川公益的工作人员
沙衣木莫

的彝族小姑娘，便是将陪伴我们一学期的伙伴，负责支教培训组织和教学监督考核的工作。因为工作人员有限，她经常是哪里需要哪里搬，堪称基金会“螺丝钉”，以至于她时常调侃自己是个“打杂的”。她1996年生，当时也才二十三岁，性格就像《还珠格格》里的“小燕子”一样大大咧咧。她工作起来热情饱满，精力充沛，上可肩挑千斤担，下可埋头写文案，无处不透露着彝家女孩特有的率真和坚毅。支教过程中遇到任何困难，我们都会第一时间向她求助，她都竭尽所能为我们排忧解难。

到达培训点的第一天，木木在黑板上写下了三个问题：1.你来自哪里？2.你为什么来支教？3.你想从这次支教中收获什么？关于后两个问题，我的回答是来为自己寻找人生的下一个目标，收获短暂的自由与快乐。

在位于西昌的培训基地里，来自华图的公益老师为我们免费展开了十几天的魔鬼式训练。早上七点，晨光熹微，迎着启明星我们开始了新的一天，经过听课、试讲、互评等一系列的训练，已是晚上九点。因为绝大部分志愿者都没有担任教师的经历，讲起课来问题层出不穷。虽然原本满腔热情的我们被泼了不少冷水，但一想到正在等待我们的孩子，所有人就又有了动力，开始铆足了劲儿地学，为将来繁重的支教生活积蓄着能量。时常可见老师们晚上加练，灯光昏黄的教室里，讲台上的老师沉浸于自导自演的

西昌培训基地

课堂场景，伴随着坚定而略带沙哑的讲课声，讲台下的老师们埋头书写着教案，那幅画面仿佛是未来生活的某段剪影，轻轻地，默默地，给人以无形的希望和力量。

从五湖四海来的二十几位“战友”汇聚一堂，即便各自人生阅历不尽相同，但少了利益的牵绊，人与人的交往比日常社会生活多了一份自如和纯粹。在那段“突击特训”的日子里，有几位老师令我印象颇为深刻。

来自沈阳的谢英奇老师，有一头乌黑浓密的自来卷，操着一口纯正的东北腔。虽然他和我同年，但却比我成熟稳重许多，生活中不时展现出东北大老爷们儿的责任心与担当，给同伴们以悉心的关怀和照顾，被大家戏称为“谢主任”。“谢主任”一心想被分派到条件最差的支教点，说只有在那种环境下才能沉浸式体验支教的感觉。

时年二十一岁，却已支教了三个学期的曲则全老师，

谢英奇老师和学生

算是团队里最年轻的“老教师”了。他有一头飘逸的长卷发，胖嘟嘟的娃娃脸，时不时还会梳两个俏皮的小辫子。他会弹吉他，也能写歌，浑身散发着一种怀才不遇的艺术家的放荡不羁感。时不时地他还来一段单口相声，简直是团队中的“气氛担当”。曲老师一直致力于校园音乐教育，梦想组建一支大山里的校园乐队。

（二）初识

培训结束，终于熬到了上山的日子。“谢主任”如愿以偿被分到了最艰苦的乃祖库小学，据说那里的教室都还是

乃祖库小学

土坯房，连厕所都得自己动手开辟，让人不由得为他捏一把汗。曲老师回到了他之前支教的学校，这学期他终于要

把六年级的孩子们送入初中了。而我被安排成为分校点的队长，带着三个年轻小伙子正式开始了支教的征程。

由于路途遥远，我们包了一辆小车，在助学部杨老师的带领下上了路。一路上阳光相伴，我们四个交流着对未来支教生活的憧憬。小车在崎岖的山间颠簸、穿行，随着海拔的升高，气温越来越低，天空越加湛蓝和澄澈，阳光也越来越刺眼。拐过了最后一道弯后，学校大门映入眼帘，门旁挂着的“双河小学”四个字已经被风霜侵蚀得若隐若现了。吉子校长在校门口迎接我们：“老师们，辛苦了！”大家赶忙下车去和校长握手问好。

双河小学

抵达学校后，校长给我们简单介绍和安排了一下近两天的工作，我们便收拾行李，住了下来。等整理好宿舍，我们才有空仔细观察学校的全貌，学校中心有一个大操场，教室看起来还算坚固。大家纷纷表示比预想的情况好多了，宿舍里的生活用品也是一应俱全，和大学宿舍的条件相差无几。据校长说，新的教学大楼也马上开始动工了。

看到几个七八岁的小孩在校园里玩耍，我们便上前问他们的名字，男孩们都踊跃地介绍自己，女孩们却都不出声，只望着我们羞涩地笑，再问，她们就边笑边跑出了校门。我心想："这里的女孩都是这么害羞的吗？"校长见此情形，便笑着向我们解释道："这里的女孩们都比较害羞，会比较喜欢女老师，跟男老师说话会很害羞的。"我们几个面面相觑，意识到今后的工作可能难度不小。

我担任的是五年级的班主任，同时负责五年级和二年级的语文教学。新学期第一课，我先是做了一个简短的自我介绍，随后让孩子们按抽签顺序轮流上台介绍自己。就此，我初步认识了五年级的十二个学生，其中七名男生，五名女生。男生大都跃跃欲试，女生则如校长所说，特别羞涩，走上台都要磨蹭好长时间，但其中有一个矮个子扎着辫子的小姑娘令人刮目相看。她边走边用凌厉的眼神瞄向几个意图喝倒彩的男生。走上讲台后，她利落地在黑板上写下了自己的名字，然后转过身，向同学说自己长大后想当一名演员。台下的女孩们看她侃侃而谈，从容大方，一边捂着嘴，一边向她投来了赞赏的目光。因为她年纪比较小，大家平时都亲切地称呼她阿依莫，彝语"妹妹"的意思。

开学不久，基金会给我们寄来了围巾和手套，需要找两个孩子给捐赠人拍一段感谢的视频，我便想到了她，镜头前的她虽然衣着并不光鲜，皮肤并不白皙，但是她那天真阳光的笑容特别有感染力。我把视频发给负责公益助学的杨老师之后，杨老师特意回复我："这个女孩的笑容很美！"看罢，我在心中暗自窃喜，有种自己女儿被夸奖的自豪感。

在与往届支教刘老师的谈话中，我了解到了更多关于阿依莫的故事。阿依莫的妈妈早已去世了，爸爸几次再婚，又生了几个弟弟。现在她和爷爷奶奶一块生活，既要负责家里繁重的农活，又要照顾弟弟。父亲特别爱喝酒，生活中对她疏于关爱。种种家庭问题导致她特别容易走极端，平时动不动就生气，而且还特别倔，任凭你好说歹说，她都不肯让步，并且对男老师持有一些偏见。因为她的倔脾气，同为女性的刘老师没少"收拾"她，但是她却一直把刘老师当母亲看待，刘老师说她俩的感情特别好，当时甚至有把她带回家的冲动。对于她，刘老师再三嘱咐我："我是女老师，可以偶尔严厉教训她，但是你不行，你还是得慢慢走进她的内心。"

阿依莫就是张桂梅校长所说的"大山里的女孩"的典型——从小就被家人忽视，父母对她们的期望也许只是分担家庭的压力，长大能够嫁得出去，读多少书并不重要。她们中的很多人都想要改变自己的人生，但是却无能为力。

也许是对未来没有了期待，阿依莫在学习上自律性很不好，不仅字写得歪歪扭扭，作业也经常乱写一通交差，答案常让人啼笑皆非。对于她的倔强，我经常束手无策，稍微严厉批评一下，她那倔驴似的脾气就上来了，偏偏我又找不着办法治一治她。对于她易怒的个性，她的朋友们也是拿她没辙。她经常莫名其妙就不搭理同学了，一个人躲起来生闷气，想跟她说几句心里话，她就会躲着你，所以同学们和她的关系也是忽远忽近。

第一学期的支教生活显得尤为短暂，在我们充分了解学生、熟悉工作时，已经到了一学期的尾声。期末考试结束后，我给班上每个同学都写了一封信，写下了我对他们的印象和期许。在给阿依莫的信里，我写了泰戈尔的一句名言："如果你因为错过太阳而哭泣，那么你也将错过漫天繁星了。"我希望她能够活得更加开朗和快乐。我去她家送信的时候，她什么也没说，我走到门口的时候，身后冷不丁冒出一句话："老师，祝你身体健康，一路顺风！"我看着她心想："哈哈，这座冰山终于也开始融化了。"

临走的那天，我们几个并没有通知班上的孩子们，一心只想着静静地告别。天气依然晴朗，我们坐在校长的车里，却说不出话来。开车路过校门口时，我看见阿依莫站在路边，我刚想打招呼，她却倔强地把头扭了过去，我往回看，发现她黑亮的辫子似乎在轻微地抖动，渐渐地车走远了，绕过一个弯，便什么都看不见了。

杨老师无奈地说："唉，我们说什么来挽留你们都不重要，关键还是得靠孩子们来留你们。"我脱口而出："关键是孩子们没有留啊……"引得其他几位老师发出了笑声。"你们把人家孩子怎么了，为什么不留你们？"杨老师打趣道。我说："咳，我们根本就没告诉他们我们哪天走，怕场面太伤感了。”杨老师戏谑道：“你们男生也太直白了，孩子们还以为你们不想他们来送呢，他们得多伤心啊！”

是啊，细想来，对于孩子们，他们可能已经习惯了每学期老师的更替，舍不得说再见，却又说惯了再见。“下学期，我还会来”，这句话可能是每个学期末孩子们最渴望听到的告别了。想到这里，心中不由得漫起一阵感伤。支教总结会上，我收到校长发来的期末考试成绩，结果并不理想，让我更加犹豫下学期的选择。木木问我下学期是否要回来，我说：“可能不回来了吧，因为我不确定能不能帮到他们。”

每学期结束后，相信每位支教老师的心中都有一架摇摆不定的天平。在理想和现实的权衡中，一方呼喊着现实，一方叫嚣着自由；在家庭和学校的抉择里，一边是满心忧虑的家人，一边是满怀渴望的学生；在城市与山村的两端，一头是无可逃避的责任，一头是虚无缥缈的梦想。有许多的老师都和我沟通过他们内心的矛盾，有的选择了继续坚持，有的则选择了回归生活。

驱使我回到孩子身边的理由很简单——“放心不下”。因为下学期他们很可能会遇到一个像我一样满怀教育热情，却又不知道从何做起的老师。他们又要重新适应新的教学方式，也许会突飞猛进，也有可能是手足无措。我的内心不容许因为自己让孩子们去承受这样的风险，因而最好的办法是让他们有一个固定的老师，帮助他们持续地提高，所以我毅然决定再继续坚持一年，陪伴他们顺利毕业。

那个暑假，我回到家便和爸妈表明了自己的打算，可想而知，迎来的是强烈的反对。经过了漫长的沟通和艰苦卓绝的交谈，父母才终于同意了我的做法。作为父母，也许并不能完全从内心理解和支持我的决定，但是我很感谢父母最终能尊重我的想法，让我有机会了却陪伴这帮孩子们毕业的心愿。

（三）坚持

康德说，人有三种快乐：第一种快乐，是因为它给你直接的好处，这是物质上、生理上的快乐；第二种快乐，是你因做了正确的事情而感到快乐，这是道德上的快乐；第三种快乐，是它既没有给你好处，也不涉及道德，比如你半夜听到风吹着落叶掉下来，感到舒服，感到说不出来的一种心灵上的快乐。

参加支教之前，我也和大多数年轻人一样为了出人头地而奋斗，不惜成为“工具人”，曾经一度为了追求第一种快乐——物质生活的丰实——而迷失了自我。而进山以后，从刚开始的为自己重新找寻人生的目标，到后来已经完全忘了来支教的目的，全心全意思考能为孩子们带来什么改变，从而获得第二种快乐，我的内心感到前所未有的充实和满足。

2019年10月，随着国家均衡化教育政策的推行，学校的新教学楼终于落成，配上爱心企业捐赠的投影仪，学校的硬件设施已经很完备了。孩子们欢呼雀跃地搬进了崭新的教室，学习起来也格外有劲头。从这学期开始，我们班

双河小学新教学楼

的语文和数学的教学工作完全由我来承担了。有了第一个学期的经验和教训，我在教育教学方面更加得心应手，知道如何适当地因材施教，而且更加重视德育工作。我希望孩子们成为有责任感，懂得珍惜和感恩的人，这比任何成绩上的进步都更令人欣喜。

那是一个周末，前一晚风雨侵袭山林，“空山新雨后，天气晚来秋”，11月正是蘑菇生长的时节，我预感雨水的滋养会催生出不少野生蘑菇。正好我曾教过的二年级的学生力作和科歪等几个小孩跑来找我，说要带我和这学期新来的田老师去采蘑菇。我们沿着蜿蜒的盘山公路结伴而行，跑得快的几个孩子在前面带路，年纪小的孩子跟在我们身边。

走着走着，我突然感觉有人往我的口袋里塞了什么东西，我低头一看，力作正咧着嘴朝我笑，笑得露出了后槽牙，她说：“老师，这个给你。”我好奇地往口袋里掏了掏，发现是一张皱巴巴的一块钱。我疑惑地问：“为什么要给老师钱呢？老师有钱，你快拿回去吧。”她推了推我的手，又从口袋里拿出来几块钱，得意地说：“你看，我还有，这个给你用，你想买什么就买什么。”说罢又麻溜地把那一块钱塞进了我的口袋。我没办法，只好又掏出来硬塞回她的手里说：“老师可比你有钱多了，谢谢你，赶紧收好，千万别丢了。”不过她像是逗我玩似的，又推搡了好多回，她才肯罢休。

和学生们一起去采蘑菇

事后回想起来我都会倍感欣慰，可能对于山里的孩子来说，也许这几块零花钱价值非同一般，可以买不少他们需要的东西，对于他们来说也许是最好的礼物了。他们愿意把这最好的礼物献给老师，说明他们学会了分享，懂得了感恩，这种宝贵的品质将会是他们一生受用的财富。

这学期期末，我告诉孩子们下学期我很可能还会回来，并叮嘱他们一定要把寒假作业完成好，“恐吓”他们如果完不成可能会有意想不到的惩罚。孩子们不说话，只是憨着笑，班长日呷说：“我们再不听话点，让你放心点，你下学期就肯定会来了。”我一时竟无语凝噎，心中涌入一股暖流。

在离开学校的路上，我们坐着大巴车，一路下行，同行的田老师回头望了望学校，我无意间窥见她的眼角似乎有泪水在闪烁，她缓缓转过头去，看向窗外。在总结会上，田老师说：“回来的路上，我偷偷抹眼泪了，因为我觉得这辈子以后可能再也见不着他们了，就算再回来见着了，恐怕我带的一年级的孩子也都不记得我了。”我打趣道：“怕啥啊，你走了以后说不定他们马上就手拉起手，跳起欢快的达体舞了呢！”“一边儿去！”田老师破涕为笑。我心想：“不用担心，就算孩子们不记得，我们会记得你，这片大山也会记得你的。”

（四）毕业季

2020年春季支教在疫情阴影的笼罩之下，显得格外来之不易。所有支教老师都必须提交社区开具的健康证明，并先在西昌隔离两周，才能回到支教点。基金会的教师招募工作也遇到了前所未有的难题，很多老师因为疫情原因未能成行。好在因疫情缘故，开学时间也不断推迟。在开学前两天，我们学校的五位老师才全员到齐。

黄老师带学生一起办毕业活动

我们班来到了小学的最后一个学期。3月底开学，7月初考试，一个学期被压缩到只有三个月。时间紧，任务重，每一天我都感觉自己像一台不知疲倦的机器在连轴转，丝毫不敢放松。三个月的时间，要在一个半月内完成语文和数学两门新课的备课和教学，花一个半月完成小学阶段的总复习，在此期间还要穿插模拟考试。作为班主任，不仅要避免学生因繁重的学习任务产生厌学的情绪，还要努力安排一些同学乐于参与的课外活动和比赛。这一学期充实得连伤感的时间都没有。我也很庆幸孩子们能够完成这繁重的学习任务，经历过这些挑战，他们必将有所成长。

直到毕业考试结束的那天，我才算真正松了一口气，终于有时间可以把心思放在其他的地方了，比如——一次小型的毕业旅行。

考试结束后的第三天，我带着全班同学，走了一个多小时的山路，来到了一小片草原，大家在一块合影、聊天、野餐、游戏。结束时，我让大家每人分别写两封信，一封送给自己要感谢的同学，另一封写给想要致歉的同学。开始大家都不好意思，不过一会儿，大家就写得停不住笔，有的甚至写了五六封。最后我又让大家写一封信给未来的自己，如果将来有机会我会再把这封信交还给他们，看看自己当年的心愿是否达成了。看着他们对未来满怀期待的表情，我想，也许这就是青春原本的模样。

（五）告别

一年半的时光，经历过困难，也体会过失落，不过其中更多的是快乐和感动。我见过六七岁的孩子一边背着弟弟妹妹哄他们入睡，一边写着家庭作业；我也见过独自留守的孩子每天走一个多小时山路来上学；我也见过失去父亲的孩子在考试中写起有关家人的作文，写着写着就趴在

学生给老师的礼物

桌子上呜咽起来。但是我不会忘记，即便如此，他们还是懂得感恩，懂得回报。在这里的老师，经常可以收到来自孩子的礼物，一束野花，几颗野果，几个核桃，几块猪肉，一大袋土豆。这些都是孩子们真切的心意，将会永远珍藏在我的心底。

在离别之际，我想把我所认为最珍贵的礼物分享给他们。我整理了一下自己支教期间拍的照片，加上从其他老师那儿搜集到的素材，做成了一本相册。相册里有历任支教老师的合照，照片背面附上了每位老师的姓名。我希望同学们往后看到照片都能回想起他们的名字。

分发相册的时候，阿依莫偷偷塞给我一封信，并捂住嘴小声对我说："其实上学期我也写了信，想去送你，但是

老师给学生的礼物

不好意思去……”我一时竟不知道如何回应这倔强女孩难得的“真情流露”，想了想对她说：“恭喜你，这学期你的成绩进步很大，以后有手机了，要记得联系我啊！”她笑着点了点头。

毕业考试中，我们班考出了平均分全县前十的成绩，有三个孩子到县外就读，其他孩子也都升入了县城中学，有的还被分到了重点班。孩子们给自己的小学阶段交上了一份满意的答卷。

三个学期，十三个孩子（最后一个学期转来了一个孩子），五百三十二天青春燃烧的岁月。这是一次冒险，关于人生选择的冒险；这也是一次成长，关于心灵的成长。两年前，我与这群孩子原本是两条平行线，永远不会有相交的一天。但当我勇敢地点击报名的那一刻，就开启了与山区孩子的一段缘分，缓缓推动了人生的旋转门。这段支教生涯将是我永生难忘的记忆，打在生命里的烙印。但是这次离校，我并不感伤，因为我已决定留在这片土地，我还将继续关注孩子们的成长，用其他方式为凉山的教育事业贡献自己的力量。

我的支教之旅已告一段落，但更多老师还在续写着大山里的故事。

乃祖库小学在多方努力下新建了三层的教学楼，各项基础设施也已经焕然一新，“谢主任”也已荣升为“谢校长”了，听说他们学校有不少孩子都会冷不丁冒出一句东北话。文化输出这一块，属实被他“拿捏”得死死的。他说支教人的终极梦想就是希望有一天能完全消除支教，山娃们也能拥有长久陪伴他们成长的老师。

乃祖库小学新教学楼

望乐队

身材越来越健硕，头发却越来越少的曲老师仍然坚持着他的山村音乐梦想，他组建的“望乐队”走出了大山，登上了动脉网举办的“第五届未来医疗100强”晚宴的舞台。今年他所带的班级也即将毕业，又将放飞一批新的希望，他说今后会持续地帮助孩子们继续学业。

2022年1月，时至寒冬，温暖的西昌却是一派秋天的景色，阳光耀眼，道旁银杏的树叶凋零殆尽，“满地尽带黄金甲”。我正走在回家的路上，手机突然传来了清脆的提示音，点开一看，是一条好友申请，附注：“老师，你好！我是阿依莫。”握着手机的手微微颤抖，却并非因为寒冷，屏幕上寥寥几个字，简短而又充满魔力，阿依莫天真可爱的模样又自然地浮现于我的脑海中。不远处，一片金光闪烁的银杏叶随风飘降，我的嘴角不禁扬起微微笑意，心想：“也许这就是康德所言的第三种快乐吧……”

曲老师班毕业照

给黄老师的一封信

尊敬的黄老师

您好！

我来到会理市民族实验中学，已经快两年了。在这期间，我收获了很多，交了一些不折不扣的“损友”，我们都有共同的爱好——一起在学校宽阔的篮球场里愉快地打篮球。

我刚来到这个陌生的地方学习，有些许不适应，这儿很热，而且作息时间与我们那儿不同，往日四点回家，来这里后却变成了十点回宿舍，回不了家，星期六放学，也不能回家，心中难免会有一点想家。

所以刚来这时我非常不适应。记得刚来时，我穿着羽绒服，同学用惊异的眼光望着我，虽然没有排斥我，但我心中还是不免有些害怕。

自从离家来这个陌生的地方，乡愁总是在我的心里，这里的同学虽好，但是我讲方言他们都听不懂，这使我更想家了。

我刚来时满怀着要好好学习的决心，成绩勉强看得过去，但我的理科实在是太糟糕了。小学时不重视的数学和英语，现在成了我的最大拖累，再加上一门物理，和数学一样要计算，真是难上加难。

我总结了一下原因，我字不太好，计算不过关，做题量不够大，因此，别人几分钟就能做完，我却不能。

27×20=270

在英语方面，我单词不认识，不会写，听力考试时听不懂，几乎错了一片；做完形填空时也不知如何下笔。

理科这些学科对我非常不利，是我的劣势学科，政史地生和语文都还看得过去。

最后，上次您来我家时我没在家。没能见到您，我很遗憾。希望您能在七月火把节时再来一次，同时我也希望与小学时的同学聚一聚。

祝您身体健康，永远快乐！

您的学生

俄木拉哈

27×20=270

对小学生活的回忆

吉克么有合

以前，在我们眼中，小学六年很长。但是，就在我们没留意的时候，不知怎的，它就犹如闪电一般消逝了。渴望已久的毕业终于到来，我们也不过是长高了一点，年龄大了一点，成熟了一点，其实也没有什么是值得开心的。初中，也只是换了老师，认识了新同学，跟小学也没有什么很大的不同。

小学的记忆，有些我已经模糊了，而有些我还记得很清楚。模糊了的，应该算是我不开心的时候吧！但也不是很不开心。

还记得我们比赛跑步（也有可能是比赛别的），输了，被罚跳海带舞，虽然有点尴尬，但是也挺开心的。

小学时看到的夕阳，云海，花草树木，因为天真活泼，在我看来，都是好看的，摘到花，就会开心得不得了，小学时好天真啊！

还有一次去山坡上玩，大家一起做游戏，一起拍照。那时的我们每时每刻都是开心的，没有烦恼，没有心事，没有朋友之间的吵吵闹闹。偶尔一点小矛盾，那也没什么大不了的，过一会就又一起打打闹闹了。

有时，老师会跟我们开玩笑说："现在虽然玩开心了，但是以后就说不准了。"我们总觉得没事啊，无所谓，现在想来，原来老师说的确实是会发生的。小学六年，和同学们一起做了很多的事，好的、坏的、开心的、伤心的，让的，让人想说却说不出口，仿佛就像是没什么回忆了。

当照片翻到了最后一张，当小学六年到了最后一天，甚至最后一秒。原来开开心心说的上了初中就会更好并没有实现。

小学六年，想象中很漫长，可是实际上却很短暂，所谓的六年，时间到了也就结束了。

你或者你们是开心还是伤心，有没有后悔或心酸呢？

对小学的回忆与初中的变化

麻查么比合

小时候，我总是爱闹小脾气。记得有一次，老师都被我气得大喊大叫。我是很不听话的，非要等到老师生气了，我才愿意听老师的话。

过去，我是我们班最小的乖乖女，可是脾气却是那么不好。比其他人暴躁，没办法，老师只能对我忍了又忍，因为老师也实在是拿我没办法。

我觉得小学时光就像旧梦一场，过得太快了。那时候我还不会感受爱，也不懂得珍惜，六年的时光就这样溜走了。

那些度日如年的经历，现在却是一场梦，好记的就记下来，不好记的就把它们都忘掉。永远都回不去了。

原来长大了就是这么累，这么辛苦，不再像以前一样，可以无忧无虑地生活，可能这就是每个人长大的代价。

我上了初中之后，感觉一切都好陌生，心里有点儿害怕，因为时间过得太快了，挽留不住，我怕以后没有这么好的读书机会。

在伤心的时候我总是偷偷掉眼泪，明明知道自己必须要坚强，可还是忍不住流下了伤心的眼泪，这是为什么呢？

我知道，我必须要好好学习，因为只有知识才能改变命运，尤其是我们这些大山里的孩子，所以我必须要继续努力，考上高中才行啊！我还是比较相信自己的。

在这段美好的青春里，我遇见了那样好的小学老师，过得非常好。为了不辜负老师，我也必须要好好学习，考上高中。

我坚信只要下定决心努力，一定会有奇迹的。只要努力就行，不管结局怎么样，努力过了就行。

27×20=270

Chapter 4

今昔“悬崖村”

离开布拖县双河小学后，摄制组继续驱车前往一百公里以外的昭觉县——“悬崖村”。竹内亮在新闻报道里看到过“悬崖村”，他太好奇了，不仅是因为在日本没有这样的地方，更是因为无法理解中国这么大，怎么会有人住在悬崖上面呢？

把“悬崖村”带入公众视野的，是2016年5月24日《新京报》的一篇报道《悬崖上的村庄》。记者陈杰和刘旻在这篇报道中用图片和文字介绍了一个位于悬崖之巅的村落，其中一张俯拍孩子们背着书包攀在崖壁上的照片，深深印在了读者的脑海里。这个村庄也由此得名“悬崖村”。

俯拍钢梯

“悬崖村”的变迁

“悬崖村”位于四川省凉山彝族自治州昭觉县支尔莫乡，原名阿土列尔村。据凉山作家阿克鸠射在2019年创作的《悬崖村》一书中的介绍，阿土列尔村“常住居民有100多户、480多人，分布于牛觉社*、特土社、勒尔社和古曲洛社。村子坐落在海拔628米到2 300米的山坳中”。两百多年前，阿土列尔村的先辈们为了躲避战乱迁徙至此，发现这里土地肥沃、易守难攻，就把家安在了这里。外人入村、村民外出，都须经过上下落差八百米的悬崖峭壁。

2016年，央视《新闻棱镜》栏目记者探访“悬崖村”，介绍了通往阿土列尔村的三条路，一条是沿着古里拉达河谷走，但因为山里有猴子和岩羊，所以经常会有石块滚落，很危险；一条要多绕十八公里，全是上坡路；最便捷的，是一条十二段二百一十八级的藤梯，但如果踩空，就可能摔下悬崖。当地孩子若要爬藤梯则要由青壮

* 社是比村更小的行政单位

年男人带着。十岁以下的，还要增加一道防护措施，用一根绳子捆在男人与孩子腰间。到了十六岁，才可以独自上下藤梯。考虑到山上的孩子需要攀爬藤梯上学、回家，山下的小学通常连续上十天课，放五天假。

藤梯的顶端，通向勒尔社，那里有四十三户人家，村民们养了八十多头牛、五百多只山羊，还养了很多猪，几乎都是放养。勒尔社气候温和，日照充足，与周边一些土地贫瘠的社相比，村民的衣食温饱不是问题，曾经是个“世外桃源”，但这也意味着，随着社会的发展，它与外面世界的割裂也越来越大。

如今人们常说的“悬崖村”，多指《新京报》记者当时到访的阿土列尔村勒尔社，而那里只是凉山彝族自治州十九个“悬崖村”中的一个。

记者陈杰在一次采访中提到了第一次到访“悬崖村”的情形：

“我第一次到‘悬崖村’，一共待了三天，最大的感受就是这个地方几乎与外面的‘现代世界’完全脱节了。他们采用了最原始的耕作方式，使用的农具也很简单，农作物主要是一些比较简单的，比如玉米、土豆之类的，只能解决温饱问题。

“基本上不通电，偶尔有几家通的是从山上拉下来的小水电站的电，十五瓦的灯泡都亮不起来。

“第一次爬藤梯是在山上和村民一起下山接学生放学，和五个老乡一起走了两三个小时，步步惊心。

“下山的路有一部分是藤梯，一部分是沙砾路。藤梯

从对面的山上拍摄的“悬崖村”钢梯

相对于沙砾路安全一些，有‘扶手’。沙砾路是村民们沿着悬崖壁凿出来的，最窄的地方只有十厘米，只能贴着山壁，扶着钢索或者抓住树枝通过。那时真的是步步惊心，稍不留神，下面就是万丈深渊。以至于到后面就不敢走了，害怕摔倒，是老乡们用绳子拴住我的腰，拉着我下去的。我从未走过如此险峻的路。”

昭觉县不是没有想过给“悬崖村”修下山路。央视记者探访“悬崖村”时，就修路的问题对时任昭觉县公路管理局副局长袁文彬进行了采访，他说这个村周边的地理情况，全部都是陡峭的岩壁，测算下来总修路资金需要四千万元，国家补助资金只有四百万，而昭觉县全年财政收入只有一个亿。昭觉县境内还有三十三个类似阿土列尔村这样的村没通公路，修路所需的是一个天文数字。

《新京报》的报道发出当天，就引起了社会各界的广泛关注。凉山彝族自治州派工作组进入了“悬崖村”。经调研后工作组给出了在当时切实可行的方案——修钢梯。

2016 年 7 月，凉山州、昭觉县两级政府筹措资金一百万元，决定把“悬崖村”年久危险的藤梯，改造成更加坚固和安全的钢梯。

修建钢梯时，因为地势太过险峻，当地政府四处求援，但考虑到施工的风险，没有建筑公司愿意接手。干部们决定发动村民自建，并邀请云南省相关领域的专家作技术指导，村里几乎每一家都出人出力积极响应。

作为亲历者，作家阿克鸠射记录了钢梯修建的艰难过程。由于地势陡峭，塔吊无法竖立，所以钢管只能靠

“悬崖村”钢梯

人往山上扛。钢管有三种规格，一点五米、三米、六米，村委会就分别以每根十元、三十元、六十元的价格给参与运送的村民报酬。出行问题是困扰“悬崖村”多年的“顽疾”，再加上还有报酬，村民们都很积极踊跃。

他们顺着山势，一层层、一段段往上修。先是在山体上打孔，然后将三厘米粗的钢筋扎进去后浇筑混凝土，再将钢管焊接做成台阶。台阶由两根钢管组成，间距十厘米，用扣件固定，方便踏脚。五个月后，经由三万人次上上下下，耗费一百二十吨钢材、六千根钢管搭建而成的两千五百五十六级钢梯，顺利竣工。以前村民爬藤梯回家需要一个半小时，外地人来访需要至少三个小时，如今能节约半个小时。

人们的出行方便了，生活也得到了改善，孩子们也可以自己去上学。同时随着各大媒体的相继报道，“悬崖村”拥入了大量游客，有的来观光打卡，有的来献爱心，过去几乎无外人涉足的“悬崖村”顿时喧闹起来。村民做起了农家乐生意，那些不易运输到山下的土特产，在家里就被游客买走了。

解决了道路问题，网络覆盖和电力改造也被提上了日程。到2017年年底，中国移动4G网络全网覆盖“悬崖村”，家家户户安上了移动宽带。国家投资了近一千八百万元为“悬崖村”进行了电力基础设施建设，为“悬崖村”及周边四百零六户居民提供了安全稳定的电源。

有了电和网，村民不仅用上了电饭煲、洗衣机、电冰箱，还会使用互联网销售土特产。凉山州以“悬崖村”为圆心，向周边辐射的旅游规划项目，也全面展开。

2020年5月，在“悬崖村”进入大众视野的四年后，整村搬迁工程启动。“悬崖村”的大部分村民都搬进了昭觉县城的集中安置点，住上了明亮整洁的楼房。孩子们上学更方便了，大人们也有了更多的工作机会，一切都是新的开始。

“我已经真的努力了，相当努力了。”

到了“悬崖村”，面对这人工天梯，不攀登一下，不免会感到遗憾。摄制组带着强烈的好奇心，也跃跃欲试，想要攀上顶峰一睹“悬崖村”的真容。

但当真正站在悬崖下，向山顶仰望时，竹内亮心里却不禁打起了退堂鼓。他有严重的恐高症，平时连游乐园的过山车都不敢玩，但最终还是好奇心占了上风。

一小段平缓的山路后，大家来到了钢梯前。眼前的这段钢梯约有六十到七十度的倾斜角。走这样的路，对生活在城市里的人来说既是新鲜的体验，也是体能上的挑战，没两步大家就开始手脚并用，导演更是边爬边喊“好可怕”。一时，眼睛都不知道看向哪里，往下看，是陡峭的山壁，似乎深不见底；往上看，则是压在头顶、没有尽头的灰色钢梯。一段时间后，终于到了第一个休息点，导演比工作人员晚了五分钟。

在这里，他们遇到了一队不像是游客的人，其中一人背着绿色的箩筐，筐里放着黑色的机器，有一半露在筐外，另外两人戴着白色的棉线手套，在后面帮忙扶着。

竹内亮上前与这几个人搭话：

“背的是什么？”

“打印机。”

“是给他们（山上的人）送吗？”

“不是不是，办理业务。”

旁边的人解释道：“他们就是移动的银行。”

看他们是经常往返于“悬崖村”的人员，竹内亮便向他们打听剩下的路还有多少：“要翻过这座山吗？”

爬钢梯的过程中偶遇了银行工作人员

银行的工作人员笑着回答:“要过山,过了之后还爬。”

对于竹内亮来说，这可不是什么好消息。他越爬越崩溃,嘴里念叨着:“真的不行,真的不行。”腿还抖个不停,边爬边担心一会儿要怎么下山。

越往上走越陡,钢梯的坡度几近垂直。竹内亮感慨道:“以前没有这架钢梯的时候，人们是怎么爬上去的！”

漫长的钢梯过后，终于到达了一段土路。脚踩在地面上，让人安心不少，可是竹内亮的腿却抖个不停。他弯下身子，手扶膝盖，想要平静一下。

等他调整好之后，大家再次上路。没走几步，便看到路边有一位看上去有些年纪的阿姨，她穿着彩色的格纹衬衣，头上包着有绿色花纹的头巾。

竹内亮起初以为阿姨住在那儿，走近了才看到她脚边的小塑料篮子里放了几瓶饮品，原来是在做生意。口干舌燥的竹内亮想买一瓶水，问:“可以用支付宝吗？”阿姨刚开始有点没听懂。摄制组又问:“手机可以吗？”阿姨点头，从塑料袋里拿出了印有二维码的牌子。竹内亮忍不住感叹:“太有意思了。”他没有想到，在这悬崖之上竟然可以手机支付，而且网速流畅，更没想到居住在大山里的老人也会使用电子支付。

竹内亮买了一瓶冰镇矿泉水，喝了几大口:“啊，好喝！”这种高强度体力消耗后，更能体会“水是生命之泉”吧。

看到卖水的阿姨在一旁捆柴，竹内亮问她:“这个也要背上去吗？”他不敢相信这么大年纪的阿姨要背着那么一捆木柴上山，阿姨说天天走，走习惯了。

在和阿姨聊天中，竹内亮得知她就是“悬崖村”的村民，马上要七十岁了。山上的村民已经搬下山了，少部分还留在山上。她的孩子们也在山上，孙子往返于山下的学校与山上的家，她要帮忙照顾孙子。

和阿姨分别后，竹内亮继续爬，在他认为差不多爬到了半山腰的地方停住了脚，从这里向外眺望，是一个大峡谷，竹内亮一边感叹大峡谷的壮阔，一边却跟摄制团队彻底摊牌：“我爬不上去了，可以到这儿就结束吗？”

他指着远处沿着山脊延伸的钢梯对编导说：“你看，太危险了，那个钢梯，相当危险。不行不行，我已经真的努力了，相当努力了。”

虽然竹内亮想去“悬崖村”，但爬钢梯已经超出了他的身体极限。编导知道劝是劝不动了，对于一个恐高的人来说，的确太危险了。编导虽然很想爬到顶，但不知道到底还有多远，考虑到后面的行程，最终决定放弃，选择用无人机拍摄山峰后面的村庄。

下山花了比上山更长的时间，途中他们偶遇了阿土列尔村的书记某色吉日和一位背着紫色背篓的村民。

敬业的导演即便双腿发抖，也没有放弃和书记、村民聊天的机会。他问村民背的是什么，村民放下背篓，里面装着荞麦，炒锅，还有要在山上卖的香烟。竹内亮问他一天往返多少次，村民说：“两次，锻炼身体。”“锻炼？已经不需要锻炼身体了吧。”竹内亮对摄像师说：“你看他的肌肉，他的身材特别好。”

聊着聊着，竹内亮不断涌出好奇，问村民知道最近的疫情吗，村民可能没有理解“疫情”的说法，说不知道。竹内亮笑笑，又解释：“就是新冠病毒，你知道吗？”村民说：“知道啊。”

“但是这边没有关系吧？”竹内亮问，村民说：“这边的话，没有关系。这么远的地方，如果有病毒的话，两个人在这个路口，封起路就没事了。”

知道山上的村民大多数都已搬家，竹内亮又向书记

偶遇背东西上山的老乡

询问已经搬出去的人去哪儿了。书记告诉他去了昭觉，住在国家提供的安置房里。就在言谈之间，竹内亮便决定了下一个拍摄的目的地——昭觉县的整村搬迁安置小区。

“悬崖村”附近的一座桥

爬钢梯途中

到昭觉去

在山上跟“悬崖村”的书记打听好了村民的搬迁安置点后，摄制组开车一个多小时，来到了65公里以外，村民的新聚居地之一——昭觉县北镇沐恩邸社区。

沐恩邸社区是“悬崖村”村民聚居最多的社区，也是昭觉县5个易地扶贫搬迁集中安置点中最大的一个，占地面积13.8公顷，建筑总面积13.34万平方米，共安置全县28个乡镇81个村1 428户6 258人。

2020年5月12日到14日，“悬崖村”的84户贫困户共344人，穿着鲜艳的民族服装，用竹筐装着孩子和行李，走下钢梯，来到昭觉县城，搬进了新家。

新家有统一的简装修，还有政府捐赠的价值5 000元左右的家具4件套，包括衣柜、碗柜、桌椅两张床，以及电视、洗衣机、电视柜、茶几、沙发5件套。搬迁房的购置标准是人均3 000元，每户不超过1万元。

社区有配套的活动中心、幼儿园、医院、篮球场，可以满足居民就近就医、子女上学和文化活动等需求。

为了让村民们离开土地后依然能自食其力，村民们入住以后，社区举办了各种培训班，也通过现场招聘、产业园区招聘、东西部协作劳务输出、彝绣居家就业、设立公益性岗位等方式帮助村民们解决就业问题。

竹内亮想知道，村民们从“悬崖村”下山后过着什么样的生活、接受了什么样的培训。在新的聚居地，摄制组来到了位于社区中心广场周边的培训教室。

教室外挂着一条用汉彝双语写的红底白字横幅——“昭觉县 2020 年贫困劳动力劳务品牌培训”，主办单位是昭觉县人力资源和社会保障局、昭觉县就业服务管理局，协办单位是凉山州维克职业技术培训学校。

竹内亮看到了“家政服务技能培训班”“电工培训班”，街对面还有“彝绣培训班”和“厨师技能培训班”。

靠传统手艺就可以挣到钱

竹内亮先去的是"彝绣培训班"。教室里，二十多位彝族女性正一边聊天一边刺绣。

学员们的年龄从三十岁到五十岁不等，其中一个边抱着熟睡的孩子，边做工。教室后墙上写着："守着家 抱着娃 挣着钱"。

这些女性身着带有各式各样彝族刺绣的民族服装，戴着不同颜色的头巾或帽子。年纪大的女性包着黑色或蓝色头巾，稍年轻的则包红色或绿色的。帽子也有各种款式，有的外形很像学士帽，但材质看起来是华丽的深蓝呢绒；有的左右后三边帽檐向上翘起，有点像西部牛仔帽；也有的女性没戴帽子，把头发编成粗麻花辫，在头顶绕一圈，额头正上方的一小段套着发带，发带上饰有花纹。几乎所有女性都佩戴首饰，长流苏银质耳环、长串的红珊瑚项链是最为常见的。

这一天，大家在学习制作一种像荷包一样的挂饰，需要在上面绣出蓝色的彝族特色花纹，这是客户下的订单。

竹内亮走到其中一位三十出头的女性身边，问她："在这儿培训了多久？"对方回答："三四天。"竹内亮问她为什么参加这个班，她低头小声回答："（为了）生活嘛，（需）要钱。"

竹内亮又和抱着孩子的妈妈搭话，孩子妈妈没理他。竹内亮接着问，年轻妈妈这才说："听不懂。"说完她和竹内亮都哈哈大笑起来。竹内亮只能求助翻译，年轻妈妈听懂了后，用汉语回答："带孩子嘛，没法出去打工，不做这个干嘛呀。"竹内亮惊讶道："你会说中文呀。"年轻妈妈说："能说一点点。"

她们中的很多人，都才下山一两个月，没怎么学过普通话。

竹内亮问翻译："现在的彝族年轻人会刺绣吗？"翻译告诉他女孩子基本都有点功底，培训班的老师会教复杂一些的。竹内亮问："那些阿姨都会吧？"翻译说阿姨衣服上的刺绣都是自己绣的。竹内亮指着旁边阿姨衣服上看起来很复杂的刺绣问："这个也是吗？"阿姨说是。

竹内亮赞叹道："那你不需要学习呀，你已经到这个水平了。"

旁边的工作人员解释道："她们需要一个组织，来将成品售卖出去。"竹内亮看明白了，这个不算是培训班，是做产品的生产班。

竹内亮在教室里参观了售卖的成品，除了荷包、布料，还有与现代元素相结合的手提包等产品。他看中了一个绣有彝族特色图案的单肩包，想买给妻子。问了价钱，两百六，想来想去还是觉得贵，索性问售卖的工作人员：“可以送给我吗？”

工作人员毫不迟疑地拒绝了：“不好意思，成本有点高。”竹内亮哈哈大笑，勉强掏出了手机付款，展示给大家看微信钱包里只有二百一十五，又改用支付宝，还试图再“挣扎”一下，笑说没有信号。当然他最后还是乖乖付了钱。

“不是为了去广东打工吗？”
“不是。”

除了彝绣班，摄制组还去了“碧桂园-顺德厨师学院‘粤菜师傅’昭觉技能培训班”。竹内亮猜，这些村民之所以学粤菜，将来应该是想去广东的餐厅打工。

教室里，三十多个穿着白色厨师服、戴着厨师帽的学员，正围成一圈看厨师做菜。他们的衣服并不完全合身，有个男孩头太小，厨师帽太大，帽子都快盖住眼睛了。除了年轻人，摄制组也发现了几位阿姨的身影。

厨师先示范了酸辣土豆丝的做法，做好后，另一位讲解的老师把酸辣土豆丝端到大家面前展示。白色的盘子，中间是黄色的土豆丝，周围装饰着一圈翠绿的黄瓜片。老师介绍：“这道菜非常家常，口味是酸和辣，大家可以在家里多练几遍。”老师让大家尝尝，记住味道后才知道自己要调成什么味。

接下来，轮到学员操刀了。大家回到各自的工作台边，桌上有各种厨具和食材，四五个人一组，有人切菜，有人剥蒜，有人削皮。

年轻的小伙子切起蒜瓣一丝不苟，每一片都切得薄

“悬崖村”村民新居所附近的职业教育学校，厨师班

薄的，旁边的阿姨笑着点头肯定。也有学员用刀很是生疏，每一刀都小心翼翼。

有两组女孩引起了竹内亮的注意，她们看起来二十岁左右。他问女孩们为什么参加厨师培训班，女孩们七嘴八舌地回答道："因为想学做饭。""会做饭，但想做得更好。"还有人回答："不知道。"这和竹内亮的猜想并不相同。

他继续问为什么学广东菜，不学其他地方菜，女孩们回答，"因为广东菜好吃""老师教什么我们就学什么"。

竹内亮问："不是为了去广东打工吗？""不是。"好几个女孩都这样回答，也有女孩说："学会了做什么都行，家里做也行，打工也行，有钱自己开店也行。"

这也是老师们的初衷。老师们来自广东佛山市顺德厨师学院。为了帮助凉山对口脱贫，佛山和凉山十一个县"结对子"，顺德厨师学院从 2019 年开办对口扶贫培训班，不仅派老师来凉山当地，也安排学员去顺德的学校培训，学员学成后可以留在广东工作，也可以回凉山开店。这既带动了当地人外出就业，也创造了本地工作机会。

老师们教的是烹饪原理，虽然菜系不同，但烹饪的原理相通。不同食材，不同烹调技法，可以做出不同味道的菜肴。凉山食材好，顺德的厨艺高，老师们希望把两者结合起来。至于口味，结合地域来调就可以，在顺德调顺德人喜欢的口味，在凉山调凉山人喜欢的口味。

“悬崖村”新居

彝绣班那位“技术好到不需要学习”的阿姨告诉竹内亮，自己的孩子在“悬崖村”当老师，这一下引起了竹内亮的兴趣。阿姨叫俄木依伍,之前住在昭觉县哈甘乡，也在山上，那里离“悬崖村”不远。

到了午休时间，摄制组应邀去参观俄木依伍的新家。她不太会说普通话，竹内亮和她通过翻译来沟通。

路上，竹内亮秀了一下刚学的彝语，卡莎莎（谢谢），呢呵（你好）。他说自己是从南京来的，问依伍知道南京吗？依伍捂嘴笑着说不知道。

依伍两个月前才搬进新家。在干净的小区里，一栋栋六层楼房错落有致，看起来既现代化，又有些彝族的特色。比如楼体是黄墙灰瓦，楼檐也有当地特色的斗拱设计。一楼是青灰色砖体墙面，很有艺术感，二到六楼淡黄色的墙体中间，点缀着淡粉色的阳台栏杆和窗沿。

小区的绿化也很好，种了很多树，还有草坪。每栋楼的入口两侧都有矮墙，墙头有绿草。夏天，淡黄色的墙体和随风摆动的绿树绿草相映，温馨又充满朝气。少量的私家车停在路边。孩子们在小区中央的健身设施旁玩耍。楼下有彝族女性一边纳凉一边刺绣。

竹内亮去过村民们在山上的家，看过人畜共居的老房子，现在突然看到这样的小区，形容有种“穿越时空的感觉”。

到了依伍家，门外贴着“建档立卡贫困户帮扶联系卡”，上面写着住户信息，包括主要致贫原因：缺资金、缺技术；帮扶措施：提供安全住房，保障医疗保险、大病保险。

进门后，竹内亮看到宽敞明亮的室内，感叹：“太好了吧！”屋里有很大的窗户，透过窗户能看到在楼下小广场玩耍的孩子们。俄木依伍的女儿和外孙在家，竹内亮跟大家打了招呼。

他参观了每个房间，羡慕让竹内亮关闭了中文词库，只剩下“贫瘠”的赞叹——他夸新家的面积：“好大呀”；进了厨房：“比我南京家的厨房还大”；转到卧室，看到房间里是两米宽的双人床：“哇，非常好”；看到摆在桌子上的依伍和老公年轻时的照片，又叹道：“好漂亮呀，相当漂亮。”

屋里的沙发、椅子、电视、洗衣机、热水器，都是政府免费提供的。柜子、椅子、桌子都装饰了彝族的传统图案。竹内亮看到眼前这些不敢相信：“免费吗，真的是免费吗？”他又指着家里的座机电话：“这个也是免费的吗？”依伍说：“免费的。”

除了免费的家具，家里还添置了一架钢琴。竹内亮对摄像师感叹：“这个差距有点大呀。”摄像师说：“他们一步跨千年嘛。”

屋里墙上的海报，隐隐留下了跨步前的痕迹。海报上用彝汉双语写着：“昭觉县‘四好’创建农村新居入住指南”。上面的标语是：“住上好房子 过上好日子 养成好习惯 形成好风气”。

入住指南主要包含两大方面，“家庭卫生、个人卫生和环境卫生”与“居家安居防范”。在个人卫生方面，包括“勤洗手、勤洗头、勤换袜子勤洗澡；勤理发勤刷牙，勤剪指甲勤问好”；家庭卫生包括“吃饭上桌要牢记，锅碗瓢盆要洗好；家禽也要喂养好，不能随便到处跑”。

这是在日本不可能发生的事

并不是所有人都能分到这样的房子。依伍家是贫困户，她和丈夫务农，生养了四个孩子。和很多彝族家庭不同，她家看重教育，如今二十七岁的大女儿大学毕业，老二中专毕业后在“悬崖村”的幼儿园工作，另一个女儿正在读大学，小儿子在读高二。

为了凑到孩子们的学费和生活费，这些年依伍没少向亲戚朋友们借钱，家里负债累累。孩子们也知道爸妈经济压力大，大女儿和二女儿拿着奖学金完成了学业，小女儿读了免费师范，毕业后将定向分配到昭觉工作。为了让孩子们好好读书，依伍的丈夫在县城租房陪读做饭，依伍独自住在山上。有了政府提供住宅的政策后，她才决定下山。可惜丈夫在前一年去世了。

小女儿的朋友圈里有老房子和亲人们的视频，配文是写给父亲的话：“去年今天，你带我们看以前的房子，看望年迈的老人，回故乡给祖辈烧香，教育人不忘本。你在的时候，我一直觉得自己是孩子，现在已不同昔日，只有在手机里回忆您。”

小女儿还拍了很多快手视频，有穿着漂亮的彝族服装在老房子前，身后是正在溜达的一群小鸡的；也有爸爸在生病去世前，一句句教她唱彝族歌的。

如今，大女儿大学毕业一年，已经结婚生了小孩，家里常常欢声笑语一片。女儿们平日里的穿着打扮和城市年轻人无异，只有俄木依伍还穿着有传统特色的衣服。翻译说，上了年纪的阿姨习惯穿这种。

竹内亮问俄木依伍：“你喜欢这个房子还是山上的房子？”她说更喜欢现在的房子。竹内亮听了笑着自嘲道：“这个问题有点多余。”

Chapter 5

有梦想要说出来

在所有拍摄快要结束时，有一个昭觉足球队的工作人员通过竹内亮的微博联系到了他，说当地有一个足球脱贫教育项目，是地方教育部门和皇家马德里足球俱乐部合作的。竹内亮打算去那里看看。

到达项目所在地昭觉县万达爱心学校后，竹内亮的第一反应就是“好大、好漂亮”。这里有宽阔的操场，标准的八百米红色塑胶跑道，还有在大凉山难得一见的绿茵场。竹内亮走到场边摸着草坪说：“没想到在这么贫困的农村地区，有这么漂亮的足球场。”更让他想不到的是，在不远处教孩子们踢足球的是个外籍教练。这位长相帅气的教练叫哈维，西班牙人。竹内亮问他：“你会说中文吗？”哈维谦逊地表示只会一点点。于是，日本人和西班牙人便用中文交流了起来。

和哈维教练一同接受采访的还有中国教练殷健淋，他穿着带有皇马基金会标志的球衣。殷教练向竹内亮介绍，彝族人本来就喜欢踢足球，这个项目是和皇马基金会合作的，希望通过足球帮助这里的人们脱贫。球队的孩子都来自大山，只要成绩足够优异，就能获得去西班牙学习踢足球的机会。

足球队的孩子们平均年龄在十二三岁，但和城市的孩子比，个子稍微有些矮。这天，孩子们在球场踢起了比赛，在看台上与哈维教练一同观战的竹内亮看到操场上灵活跑动的孩子感叹道："他们的体力真好啊！"又问道："现在有彝族的球星吗？"同伴们告诉他目前似乎还没有。哈维教练说："我觉得应该还是会有的。问题是他们穷，没有钱，所以比较难。"竹内亮问："穷，没钱，（和成为球星）有关系吗？""有，在中国没有钱的话踢不了球。"哈维说，"我们打算从这里开始，让孩子可以（有机会）去西昌，也是给他们一个未来嘛。"

结束训练后，孩子们玩起了颠球。竹内亮在旁边鼓劲儿："（颠到）一百次，一百次。"围观的孩子却说："几百都行。""他几千都颠过。"果真，这球像是被驯服了一般，十分听话，不仅从不落地，甚至男孩还有闲暇做技巧。精彩的表演引来了大家的欢呼。

竹内亮看着这些身着皇家马德里球服的孩子，在漂亮的足球场上踢球，心中却明白这样的机会并不常有。被选中的孩子只是极少数的幸运儿。

足球训练中

哈维、般健淋和队员们

让山村学校成为一个有梦想的地方

训练间隙，竹内亮和孩子们聊起了天。

他问孩子们的梦想是什么。一个孩子回答："我的梦想就是一直努力把球踢下去，我家条件很不好，想买件新衣服都很难，父母也没去过别的城市。长大了我想带他们走出去，到城市里住，所以我想成为像武磊一样的球星。"

另一个孩子说："如果真的踢足球成功了，就可以帮家里减少一些负担，可以让家里人过得好一点。"

竹内亮又问："有钱的话你们想干什么？"

孩子们说："给父母买车买房""帮助学校，造个更好的足球场""扩大学校的农场……"

他们的回答让竹内亮触动很大，感慨于这么小的孩子就这么懂事，也惊讶于孩子们对足球的热情。

大凉山的孩子对足球的热爱其实与当地的教育引导有很大关系。那位想要成为像武磊一样的孩子叫阿作伍勒。纪录片《云端上的足球梦》讲述的就是他如何入选了皇马昭觉训练营的故事。他能成为被皇马选中的"幸运儿”，大概是因为他的小学校长给了他一个足球梦。

伍勒就读的小学叫瓦吾小学，位于海拔两千七百米的高山上。校长曲比史古是老师，也是足球教练，更是孩子们的“造梦者”。瓦吾小学的校舍是一排白色的平房，房顶上立着一排仿佛是校训，又比校训看着更宏远的大字——“让山村学校成为一个有梦想的地方”。

足球作为学校的特色，是曲比校长确立的，他于2017年组建了校足球队，希望孩子们能真正喜欢上足球这项运动，也希望足球能给孩子们的未来带来更多可能性。伍勒的父亲、爷爷、奶奶都过世了，母亲也改嫁了，曾经的他非常孤独，但是自从喜欢上足球之后，他可以和同伴一起运动，性格也开朗了。

孩子们聊梦想时，目光坚定，会让人觉得梦想能使人拥有神奇的能力，或许真的可以改变命运。如果没有梦想，山里的孩子只能一辈子像父辈一样待在大山里，但梦想能给他们一双翅膀，总有一天可以带着自己和家人飞出大山。

瓦吾小学的足球场

足球队员

足球训练

大凉山昭觉的这支队伍是最好的

哈维教练在中国待了七年多，换过三个俱乐部，皇马是最后一个。他在深圳、贵阳都带过队，但觉得大凉山昭觉的这支队伍是最好的，队里的每一个球员踢得都好，都很有天赋。哈维甚至觉得自己遇到这些孩子非常幸运，是一个人生惊喜。

哈维曾经在西班牙做过职业球员，因为伤病很早就退役了，随后考取了教练资格证。他从十六岁开始在西班牙做足球教练，如今是欧足联的 A 级教练。

二十四岁那年，大学毕业的哈维想换个不一样的地方生活，他向往亚洲，便来到中国实习。本来打算待半年的，结果待了七年多。

相比大城市，在大凉山当教练的收入要少一些，但是哈维觉得如果可以帮到当地的孩子，那比赚钱有意义多了。

把哈维教练带到大凉山的，是于 2019 年 10 月启动的青少年足球训练项目。这个项目由皇家马德里基金会与凉山尼牧体育合作，在四川省凉山彝族自治州展开，昭觉县是该项目的第一站。

殷健淋是凉山尼牧体育昭觉项目的负责人，也兼任外籍教练哈维的翻译和助理教练。

项目启动之初，殷健淋联系了当地的教体局，昭觉县足协主席罗军帮了很多忙，带着哈维和殷健淋去走访学校，挑选队员。

他们选的是十二、十三岁梯队的孩子。哈维记得当时他们从两千多个孩子当中反复挑选，测试孩子的球感和身体素质，最后选出了十几个人。

殷教练刚看到这些孩子时，觉得他们就像巴西街头的孩子一样，有自己的小技术，但没有踢过正式比赛，不了解组织竞技。球队建好后，教练们逐步去教导孩子如何跟一群人配合，培养他们的团队意识和竞争感。

球队训练频次很高。殷教练算了下，一年里大概训练了三百多次。除了场上训练，还有视频课和网课。从普及足球常识：场上有多少个人、比赛怎么踢、每个人在场上的任务是什么，到专业的战术课，比如定位球战术之类的，循序渐进。

这支球队最多时有十八名队员，后来这些孩子中有四人出于各种原因离开了球队，主力队员剩下十四名，分别来自昭觉的万达爱心学校和东方红小学，每个学校各七名。其中，来自万达爱心学校的七名队员里有六名都毕业于瓦吾小学。

瓦吾小学

他们生活的一切都是关于足球

哈维教练刚开始带这些孩子时，他们非常害羞，哈维以为队员们怕他。他并不知道，队员们幸福得像做梦一样。阿作伍勒回忆当时的情景："训练的前几天我们都感觉自己是在做梦一样——从之前的泥巴球场到塑胶球场；从乡村教练到外国教练。我们觉得离自己的梦想越来越近。"

哈维为了和孩子们熟悉起来，每次训练结束都会坐下来和队员们聊聊天。大概过了两个月，孩子们终于不那么害羞了，他们常常一起开玩笑，一起去游泳。哈维感到孩子们很喜欢他，他也真心喜欢这些孩子，甚至觉得自己在与孩子们的相处中学到了很多。

哈维从来没有在这么贫困的地方生活过，当他看到孩子们为了来训练，从家到学校要走一个多小时的路，为了省钱买一双足球鞋，宁可三天不吃饭时，他由衷地感佩，觉得若是换作自己，肯定做不到。

他去过一个孩子家，也去了孩子们在山上的小学。他吃惊于眼前的一切，学生们的衣服都破了，脸也很脏，学校里只有五六间教室，很破败。他去的时候是冬天，山上很冷，雨下了一整天，到处都很泥泞。学校外有个足球场，非常小，球如果踢远了，可能就找不到了。哈维无法想象，在这样一个地方，老师们是如何开展教学的。

来到大凉山之后，哈维深感很多人不珍惜他们所拥有的，但大凉山的孩子什么都没有，一旦有了对他们来说非常好的东西，就会非常珍惜。哈维知道，对孩子们来说，遇到这位西班牙教练是一件非常幸运的事，所以他们非常感激。

哈维说："他们对我非常非常的好，而且他们很尊重我，我说什么他们都会听。"虽然平常哈维与孩子们也会开玩笑，但当哈维认真的时候，孩子们都很听话。哈维在大城市也教过孩子，但他觉得大城市的孩子们见惯了外国人，没那么尊重教练。相比之下，大凉山这些队员更认真刻苦，所以他很喜欢这些孩子，也很喜欢大凉山。

孩子们喜欢和哈维教练聊天，经常问一些对他们来说很遥远但又新奇的问题，比如关于西班牙，他们会一直问哈维在西班牙语里这个怎么说那个怎么说，在西班牙这个怎么样那个怎么样，大家什么时候一起去西班牙。不过，问的最多的，还是足球了。他们的生活似乎已经离不开足球了——想当足球明星，想通过踢球帮助家人，问什么时候训练，什么时候去打比赛。

这个项目最初的计划是，如果孩子踢得好，将来就有机会去西班牙学习、踢比赛。但实际上并没有实现。

项目启动后，疫情就开始了。因为疫情，离开中国难，去欧洲也很危险，项目不得不取消了送孩子们去西班牙训练的计划。哈维为此很伤心，他知道对大凉山的孩子们来说，这个机会可能一辈子只有一次。

球队成员与摄制组的合影

哈维去了非洲

在哈维任教期间，他尽自己所能带孩子们外出参加比赛，让他们多接触凉山以外的环境。

他们去过西昌、昆明、成都、攀枝花。每次完成比赛之后，哈维都会带他们在当地游玩一下。在哈维眼里，这些队员还是小朋友，他希望他们的生活丰富一点，不仅仅有足球。

辛苦的训练带来了回报。2021 年 5 月，在四川省 2021“匠心杯”青少年足球挑战赛中，由昭觉县东方红小学和昭觉万达爱心学校组成的昭觉拉莫少年队在与多支球队比拼后，斩获冠军。

这次夺冠也给队员们提供了更多的机会。三名球员从东方红小学毕业后，被四川绵阳外国语实验学校录取。这个结果也让教练们感到欣慰。如果不踢足球，孩子们很难有机会去教学水平这么高的学校。

除了男子足球队，哈维、殷教练和另外一名同事，在万达爱心学校义务帮忙成立了两支女子足球队，一支一年级的，一支二年级的。

他们希望发动女孩子也来参加足球运动。球队以兴趣班的模式招生，免费训练。孩子越小越容易教，对外界的信息吸收得越好，殷教练觉得有几个小女孩很有天赋、很聪明。在训练了一年后，她们的水平提高了很多，进步很快。

但并不是所有的家长都支持孩子踢球，甚至东方红小学的老师也有反对学生踢球的。哈维不理解，球队提供的一切服务都是免费的，对孩子们来说、对学校来说都是好事，为什么老师和家长要反对？

家长和老师担心的是，孩子如果因为踢球成绩下降怎么办。为了纠正这个观念，殷教练组织了几次家长会。但是，家长们说的是彝语，外教说英语，就需要殷教练把英语翻译成汉语，再由彝族同事把汉语翻译成彝语。语言的障碍给交流带来了很大的困难。

最让教练们遗憾的是，皇马项目进行了一年后就暂停了。哈维很沮丧，他认为，这样既浪费了钱也浪费了时间。孩子好不容易训练了一年，本可以有更好的成长。最让他难过的是："好像是我放弃了这些小朋友。"

项目结束后，哈维和殷教练都离开了昭觉。哈维去了非洲肯尼亚，继续教小孩们踢球，追求他成为一名优秀足球教练的梦想。不过，他说将来有机会他还想回中国。肯尼亚有个中国城，现在每一次想中国时，哈维就去那边吃饭，和中餐馆的老板聊天。

他在QQ上和昭觉的当地教练保持联系，知道队员们现在虽然不在一个队了，但都还在踢球。

之前他教队员们踢球时，希望让孩子们懂得：不管是踢球还是做其他事，如果他们足够努力，就会有进步。如果喜欢一件事，不管有多难，都要坚持不放弃。

这个世界很多事都不公平，但每个人追求梦想的权利是公平的。梦想就像黑暗中唯一的那束光，让生活从此有了方向，让你不再羡慕别人，不再看低自己。坚持下去，梦想或许就会变成一把金钥匙，为你打开通往理想世界的大门。

该如何实现梦想？“逐梦发烧友”竹内亮的秘诀是：先把它说出来！

拉莫爱心女子足球队

有梦想要说出来

在布拖县双河小学拍摄期间，摄影师徐亮提出，希望竹内亮给孩子们上一节课。徐亮想让竹内亮给孩子们讲讲日本文化，看看那些只在影视剧里见过日本人的孩子，真正见到一个日本人、和日本人交流时，会有什么样的反应。

竹内亮欣然答应，他觉得孩子们没接触过外国人，如果和外国人交流，应该会是一个有趣的碰撞。

课上，让竹内亮意外的是，孩子们对日本的了解比他想象的多。当问孩子们对日本人的印象时，孩子们说日本人爱干净、有礼貌。

竹内亮还跟小朋友们介绍了日本人爱吃生的食物，比如生鸡蛋。孩子们感到既新奇又难以置信，一个个龇牙咧嘴的，仿佛自己此刻就吞了颗生鸡蛋似的。竹内亮还在黑板上写下了“ありがとう”，告诉大家这是“谢谢”的意思。他一边示范日本人鞠躬说“谢谢”的样子，一边向大家介绍，日本人很喜欢说这句话。

因为没有提前准备，所以想到什么就聊什么，最后话题转到了梦想。一个小男孩站起来笑着说："不好意思把梦想说出来。"

竹内亮鼓励他："说出来嘛。"他告诉孩子们："这是我今天最想说的，如果你们有梦想的话，一定要说出来。而且要每天说'我想要做这个，我想做这个'。不说出来的话，没有人知道你的梦想是什么，没有人帮助你，那你的梦想可能永远也实现不了。"

这是竹内亮的人生经验。

2013 年搬到中国以前，竹内亮一直跟身边人说："我想去中国，我要搬到中国去发展，在中国拍片子。"他就这样说了两年，好多人都以为他马上要离开日本去中国了。也有人提出愿意帮助他，给他介绍这样那样的人。

竹内亮觉得，将自己的梦想、自己的目标，跟大家说了，就没有退路了。如果中途做别的事情，大家会说，"你不是想做导演吗？""这个人说话不算数啊，没有坚持"。

所以，竹内亮认为说出梦想的意义在于，一是可以得到很多人的帮助，二是不给自己留退路。后来竹内亮真的来了中国，也实现了梦想。

他在课堂上也拿徐亮举例。徐亮从进公司的第一天，就一直跟他说想拍大凉山的纪录片，也是因为徐亮的坚持才促成了这次拍摄。

既然提到了徐亮，竹内亮让正在拍摄的徐亮也上台讲两句。徐亮却一直躲在摄像机后说："我不讲了。"竹内亮还是一直鼓励他："到前面来，到前面来。"

这时候的徐亮已经开始擦眼泪了，为了给他留点调整情绪的时间，竹内亮继续跟同学们说：“我知道，实现梦想不是那么简单的事情，不可能所有人都能成功。但是如果不说出来的话，那就一定不会成功。”

徐亮走上讲台时，还在擦眼泪。他对竹内亮说：“我有点激动。”竹内亮问他为什么。徐亮哽咽着说：“两年前当老师的时候，我对孩子们不是太好，有点严格。”

他继续说道：“我知道他们很不容易，真的很不容易。这个学校一直有支教老师在，这个学校的成绩一直比其他很多地方的，包括乡里的、县里的一些学校都要好，所以当地政府才给双河小学修了一座新的楼。但并不是有新的楼就能有新的变化。现在最应该做的是找更好的老师来，教他们知识，我希望他们都能走出大山。”

台下的孩子们也受到徐老师情绪的感染，纷纷低下了头，有的孩子也忍不住哭了。

竹内亮认同徐亮的观点，即便教学楼翻新了，硬件设施也配置齐全了，但是根本的问题还在。他认为脱贫的关键还是在教育，在如何让当地的教育达到与城市相当的水平。

那天孩子们提到曾跟着老师学弹琴，竹内亮让他们弹来听听。孩子们弹唱了一首《彩虹》。在纪录片的后期制作中，竹内亮给这段表演配了旁白：“出生在日本，无忧无虑成长的我，没有体会过贫困所带来的痛苦。我能做的就是，把这里的真实情况传达给世界，我希望看了这个纪录片的人，能来美丽的大凉山看一看。因为我认为，脱贫的重点在于，让更多人知道他们的存在，我想为此尽一份力。”

整个纪录片在孩子们的歌声里结束了。

回到南京后，徐亮开始为片子做后期。有一天开车去办事，车里随机放着歌，当听到程璧的《火车》时，他特别感动，反复听了好几遍，觉得这首歌很适合当片尾曲。

这份意外的惊喜，给了徐亮巨大的动力。他托人给演唱者程璧发了一封信，介绍了他们拍的纪录片，表达了想使用歌曲的强烈愿望，在信中他说：“我听到这首歌，特别感动，这歌词简直就是给这个片子量身定做的。”徐亮还把样片也发给了程璧的团队，程璧看完后给徐亮回信：“看到片尾小女孩们弹琴，特别感动，这首歌你就拿去用吧。”

徐亮没想到程璧竟然免费授权，还给他发来了外文歌词。

这首《火车》是土耳其诗人贾希特·塔朗吉的作品。程璧觉得火车对中国人来说似乎有着更为深刻的意味，就把这首诗纳入了自己的专辑——《诗遇上歌》。诗歌译文出自诗人余光中。

《火车》

[土耳其]贾希特·塔朗吉　余光中 译

去什么地方呢
这么晚了
美丽的火车
孤独的火车

摄制组与孩子们的大合影

ROCK YOUR WORLD
sheep

凄苦是你汽笛的声音
令人记起了许多事情
为什么我不该挥舞手巾
乘客多少都跟我有亲
去吧 但愿你一路平安
桥都坚固 隧道都光明

愿那辆承载彝族人远行和梦想的“小慢车”，一路平安。跋山涉水时，桥都坚固，隧道都光明。

愿这本承载了许多爱、善良和祝福的书，伴随火车的汽笛，来到你的身边。

愿大山里那些目光赤诚的孩子，紧紧抓住梦想，就像曾经拼命抓住攀向悬崖的藤梯。

愿大凉山的所有人，都能幸福、美满。

我在大凉山的足球经历

殷健淋

多年以后，面对绿茵场上的孩子，我还是会想起和哈维教练及沙且教练在昭觉拉莫足球场训练的那个下午。

2020年3月份，由于公司及皇马基金会和凉山当地政府共同合作了凉山皇马足球项目，我从成都调到了西昌，作为外教翻译及助理教练负责昭觉县级代表队的组建和训练。大凉山，甚至对于部分中国人来说都显得神秘和陌生，更不用说哈维教练了。哈维教练出生在西班牙萨拉戈萨市，由于年轻时的伤病他很早就开始了教练员的生涯。他在中国工作了很多年，可以说一口流利的中文，这让我深感意外，甚至我还跟他开玩笑说："你一个人就可以完成训练了，都不需要我了。"但他总是笑着摇摇头说："还是需要翻译。"哈维教练是欧足联职业级教练，但在工作中他非常谦逊，当我们的助理教练团队给他提建议时，他会很认真地倾听并思考。

在教练团队中保持本土元素非常重要，尤其是在大凉山和彝族的孩子们一起训练，就必须从他们的语言及思维习惯上出发，这样才能取得更好的沟通效果，让孩子们更好地成长。我们寻求了昭觉拉莫足协主席罗军的帮助。来到大凉山，说到足球文化和氛围就不得不提昭觉的拉莫，而在昭觉拉莫的足球界就不得不提罗指导。在交流中我们得知罗指导在昭觉县坚持普及、推广足球已达三十年之久，这让我肃然起敬。他不仅球踢得好，还是一名专业的歌手，属于文体两开花了。他创作的《拉莫之歌》让我想起了英国球迷为支持自己俱乐部而创作的歌曲，那是一种发自内心的对足球的热爱。在罗军先生的推荐下，我们很幸运地邀请到了沙且教练加入团队。

足球对于我们训练的孩子来说，不光是热爱的运动项目，还意味着很多。大凉山的山高路远，阻断了很多梦想的道路，我们对他们很陌生，他们对我们更陌生，尤其还面对一个外国的教练。在2020年，所有在凉山工作的政府部门人员都在忙着一件大事：脱贫攻坚。贫穷、落后是大凉山的真实写照，但也磨砺出山里孩子坚忍、隐忍的性格。有的孩子住在山里，从家到训练场要走两个小时的山路；有的训练结束必须再回家帮助家里做农活以免错过农时；对以种地为生的家庭来说，没有比这更重要的事情了；有的孩子不过九岁、十岁，还要照顾比他们更小的弟弟妹妹，生活对于他们来说，从来没有简单过。但足球能带给他们极大的慰藉，能让他们回到该有的年龄状态，平时他们身上那些超出年纪的成熟甚至世故，在踢球时便会尽数剥落。

因为基础教育落后的原因，他们不知道如何正确表达自己的情绪，更不会主动去和队友表达自己的想法。对于青训教练员来说，我一直认为这个职业属于教育行业，只

2021 年 4 月在成都参加友谊赛

是我们是通过足球来让孩子们更好地成长，孩子们不分地域、不分年龄。

在哈维教练的日常训练中，他始终保持高度的专业性，对自己和教练组的工作要求很严格，我们从来没有缺席过任何一堂训练课，不管是严寒还是酷暑。哈维教练对于队员训练的要求很高，同样，孩子们也不会因为天气原因缺席请假。我们都了解队员的家庭情况，但我们不会因为这样的原因做特殊对待，反而会更严格地要求他们，如果你喜欢足球，那就认真地踢，然后再用这样的态度去对待自己的人生。大山里的孩子对外面的世界充满了好奇和渴望，如果想走出大山就必须比其他人更加努力，做事更加认真。每次训练结束后，我们都会聊天。他们会问我们很多稀奇古怪的问题，比如："哈维教练你认不认识C罗，你们俩踢球谁厉害？"还有"哈维教练，我们和西班牙的孩子比踢球哪个厉害点？我们将来会不会代表国家队比赛呢？"……我们总是笑着听这些问题，回答继续努力，继续坚持。有时候哈维教练很满意他们的训练，就会教一些简单的西班牙问候语，像Hola（你好），Adios（再见），Hasta maana（明天见），等等。他们也会教我们一些简单的彝族语言，比如孜么格尼（祝福语），卡莎莎（谢谢）。

足球是一项社会属性极强的运动，结果永远不是踢球所追求的目的。因为足球，我们来到大凉山，认识了我的队员们，了解了在这片古老土地上生活的人们，了解了彝族的文化，为同样的爱好而举杯欢呼，也因为热爱同样的运动而相遇。竹内亮导演团队一行在拍摄大凉山的纪录片时也记录了孩子们的身影。一名日本导演和一名西班牙教练在大凉山用中文交流更是让我感受到了足球的奇妙。对于孩子们来说，能在足球中收获快乐，培养好的习惯，过好自己的人生就是最重要的事情了。在成都我们带队参加了"匠心杯"并获得了冠军，这无疑是对他们坚持的最好回馈，孩子们需要这样的荣誉去坚定自己的信心，去填充自己的勇气。在训练中，我们不会要求他们唯胜负论，赢球就开心，输球就沮丧，只会问他们有没有尽全力。若是因为自己没有全力以赴而输球，那就应该流下懊悔的眼泪，有机会做好而没能做好，应该受到惩罚。若是使出自己所有力量依然没得到想要的结果，那就坦然接受。足球的胜负相比人生，几乎是微不足道的，而这个过程是我们想让孩子们接受并学习的。他们的角色始终还是学生运动员，“学生”在最前面。让我们感到欣慰的是，队里有三个孩子通过足球特招，被绵阳一所很好的中学录取。大山里的孩子需要机会和平台，否则你永远不知道他们会有多优秀。

2021 年 5 月荣获成都“匠心杯”冠军

后记：我们在昭觉一共训练了一年的时间，后来我去了其他县继续带队训练，但昭觉的这段经历给我的印象最为深刻。哈维后来选择去非洲执教，说实话我很佩服他。他可以在西班牙获得很好的机会和工作，但他选择像一个足球传教士一样，去不同的地方传播自己的足球理念，体验不同的人生。很幸运能和他在一起工作，他不仅是一个朋友，更是一个老师。因为家庭和工作的原因，我现在回到了成都，继续做青训教练。离开的时候充满了不舍，大凉山很美但终究不是我的家。我很敬佩瓦吾小学的崔老师，他是一个东北人，只身一人来到昭觉的学校做支教工作，已经待了四年多了，我也认识了很多来这边支教的老师，但可惜时间都不长久。

大凉山的建设需要国家支持和其他地方的热心人士一起来参与，但主体还是需要像罗军指导和沙且教练这样的本土人才去支撑。我也希望孩子们走出去学有所成后再回来建设自己的家乡。我感谢这两年在凉山的经历——遇到一群“不可思议”的人，收获了信任、友情、爱和尊重。我希望大凉山的未来越来越好，孜么格尼！

土比土布

门将、中后卫

我出生在昭觉县的一个小山区里面，幸福快乐地成长。我家有六个孩子，大哥、大姐都成家了。

我们家因经济困难评上了建档立卡户，在国家的帮助下住进了崭新明亮的大房子，住得非常舒适。现在我也在慢慢养成好习惯，向过上好日子、住更好的房子而努力。

虽然家里有六个孩子，但只有我和妹妹还在上学，其他人都只是小学毕业。我父母没有稳定的经济来源，父亲身体不好，常年在家待着。我们家可以说都是母亲在打理，以前是二哥和二姐供我们两个读书。现在二姐成家了，只有二哥供我们读书，二哥的压力非常大。

我有一个非常大的梦想就是足球梦。我从五年级开始踢球，一直没有想过放弃，越踢越自信。多练一下就感觉离梦想更近一步。我最喜欢的国内球员是王大雷和颜骏凌，国外球员是布冯、卡恩。他们每个人都是传奇，时刻都可以创造奇迹。

当然，在追逐梦想的过程中常常会受到大大小小的挫折，比如说受伤啊，生病啊。我踢球以来受伤最严重的就是那一次了吧——当时我把脚崴了，三个月不能痛痛快快地踢球，我真是坐不住啊。经过那次受伤之后，家里人纷纷表示不同意我继续踢下去。因为那时候我个头矮小，身体也弱。但是经过我的努力还是得到了他们的认可。我也从一米四长到了现在的一米七，这都是踢球的功劳——我每天都坚持锻炼，所以强壮了许多。

现在家人们都全力支持我的足球梦，他们也觉得做自己喜欢的事情才可以越做越好。

阿作伍勒

边锋

我叫阿作伍勒，马上就十四岁了。我家在阿并洛古乡洛吾阿莫村，我是瓦吾小学毕业的，现在已经初二了。

对于足球，我也是上了瓦吾小学才知道的。当时我看见很多学生在球场上踢球，后来我也加入了足球队，慢慢喜欢上了足球。因为足球我的性格也开朗了许多，认识了许多小伙伴。我们每天都在泥巴球场训练，身上都是脏兮兮的泥巴，但每天都很快乐，踢球使我快乐成长。

后来我们毕业了，我来到县里的昭觉县万达爱心学校读书。同时我也迎来了新的足球教练，当我们看到新教练里有西班牙人时，特别害怕。因为第一次见到外国人嘛！三位教练每天都带着我们训练，训练的前几天我们都感觉自己像做梦一样，从之前的泥巴球场到塑胶球场，从乡村教练到外国教练。我仿佛离自己的梦想越来越近——我的梦想就是将来进国足。在三位教练的谆谆教导之下，我们训练越来越刻苦。他们每天教的都不一样，今天是体能，明天是站位，后天又是练别的。

周末回家的时候，我会去我的小学。因为我父亲、爷爷、奶奶都不在了，母亲又改嫁了。所以我一般都是去瓦吾小学，曲比老师一直很照顾我。我的两个叔叔去打工了，我有时也去妈妈那。现在三位教练也走了，虽然我们也在坚持训练，但感觉成绩有所下降。我们好想沙且教练、殷教练、哈维教练，好想让他们再回来教我们。

吉牛木牛

后卫

我叫吉牛木牛，今年十三岁，出生于2009年5月17日。我的家在四川省凉山州昭觉县久铁洛古乡，体口以洛村马洛社。我的家乡是一个普普通通的小村庄，村里人都以种植小麦、土豆、玉米、油菜为生。家乡的山上在三四月份以后就会开满鲜花，变得格外美丽。

我家一共有七口人，加上我爷爷八口。我有两个哥哥，一个姐姐，一个妹妹。我从2018年6月份开始接触足球。最开始我只当足球是一个兴趣爱好，但是慢慢地我从心底喜欢上了足球，踢足球时变得越来越认真。在2019年时我和小学同学参加了我们县的小拉莫杯，在不懈努力下，我们得了亚军。那是我接触足球以来得到的第一个奖杯。之后在2020年即将毕业时，我参加了皇马训练营，在训练营我深刻体会到了足球对我的意义是多么的重要。2021年我们代表昭觉县去参加成都的“匠心杯”，得了冠军。这让我觉得我的努力是值得的。

我的梦想是能成为一名像C罗一样强的足球运动员，我希望能和C罗一起踢球，更希望能考上高中，让我离梦想越来越近。

Chapter 6

幕后故事：制作组手记

徐亮

摄影师

《走近大凉山》：我纪录片摄影之路的零公里

其实我并非导演、大可、杨老艺术家口中《走近大凉山》背后最重要的人，这部纪录片能够取得如此高的播放量、关注度，收获奖项并不是我的功劳。它对于我来说，只是一个开始，更重要的，这是我纪录片摄影之路的开端。

那为什么一定要拍摄大凉山的故事，还一定要在和之梦拍摄这个项目呢？

2017 年暑假我和一个朋友去了云南骑行，第四天我们计划从香格里拉到梅里雪山，途中，我们需要在明永冰川脚下过夜。在进入明永村的路上我看到一座希望小学，学校门口矗立着一座纪念碑，上面写着一位来自上海的青年支教老师的故事。他在从德钦县返回村子的山路上遭遇车祸去世了，当地政府和村民为了纪念他，特意设了一座碑。当时我特别受震撼，后来也的确是想要体验艰苦的环境，了解中国的另一面，所以2018年我从国外完成学业归来，就做了去支教的决定。

在大凉山的一个学期，我在穷苦艰难的环境下坚持下来了，我从来没有想过自己是如何适应从北美的国际化大都市立刻掉落到中国西部的一个贫困山区的。在跟当地的老乡和孩子们相处了很长一段时间后，我渐渐发现自己并不应该站在高点去同情他们，而是应该去尊重、去了解他们。因为这样的转变，在我的眼里，大凉山的风景也发生了变化，这里的人们看似苦苦地生活着，但却展现出了强大的生命力，孩子们的天真善良为这里增添了美丽的色彩，这一切都让我肃然起敬。当时我带着手机和GoPro（运动相机），经常拍一些视频和照片，渴望有朝一日能把在这里的所见所闻剪成一个纪录片，让

双流机场拍空镜

我身边的人去认识大凉山，没想到两年之后我真的实现了这个心心念念的梦想。

选择来和之梦，最主要的原因是因为亮叔。当时我一直在寻找自己的职业方向，我知道自己其实最想做的还是拍纪录片。当时竹内亮导演的《南京抗疫现场》特别火，我在微博上看到了那个视频，没想到南京居然还有这样一个日本人在拍纪录片。随后我就在网上搜他过去的作品（然而我完全忽略了他的代表作《我住在这里的理由》)。有一个纪录片叫《长江・天地大纪行》，我看了第一集，被那个叫茨姆的香格里拉藏族少女的故事打动了，整部片子都特别真实且富有人文温度，当时我就制订了加入竹内导演团队的计划。

“大凉山”的项目在我第一次来和之梦面试的时候就提过的，二面见到导演的时候我再次提起：“我手上有一个特别想拍的项目，是大凉山。我在那里支教过，有很多故事想说给大家听，让大家看看那里是一个什么样的地方。”当然，公司是鼓励这样的拍摄提案的，于是我从进入公司的第一天起就开始撰写《大凉山》的策划了。当时我在策划里写了很多想要拍摄的地方，比如凉山州盐源县的特色农产品种植，以及一些风光秀美的地方。就这样日复一日，我经常把策划文档发给导演提醒他。起初他并没有那么想拍（尽管他去过大凉山），原因有二：一是当时正值 2020 年，疫情缓和不久，对去那么远的地方拍摄有所顾虑；二是缺少资金，如果要去拍摄，就需要拉赞助。我当时其实也想好了如何找朋友拉关系去筹集拍摄资金。很幸运的是，5月份外文局的“解读中国工作室”看中了这个策划，因为正值脱贫攻坚关键年。于是，我们就作为制作方开始推动《大凉山》的拍摄了。

在凉山拍摄的十天，我学习到了很多东西，其中最大的收获是如何拍摄人文纪录片，摄影师的专业性，以及如何自然地、真实地讲故事。因为在此之前我只参与了《好久不见，武汉》和几次《我住在这里的理由》的拍摄，总体上还属于一个摄影“小白”，不够专业，缺乏经验，所以我很感谢《大凉山》的拍摄经历，它让我学会了怎样用镜头讲故事，激发了我努力学习摄影的动力。

关于支教。我在支教一个多月后，产生了一个“可怕”的想法：下学期继续支教。我觉得这个想法对于一个二十出头的年轻人来说，可能并不算一个好想法，从实际情况出发我也不可能一直留在这里。于是我静下心来，好好想了想支教这件事。

支教对我来说并不是一件或伟大或高尚的事情，只是我喜欢的事。来到这个人生地不熟的地方支教，家里人并没有特别支持。他们觉得支教不能让我获得任何助益未来的经验，有的只是对贫苦的体验。他们能同意仅仅只是因为我喜欢、我开心，而他们希望我能开心。

为什么我会产生继续支教的想法，我想大概就是来到这里，我的衣服虽然变脏了，可心灵被孩子们的淳朴善良洗涤得干净透彻；饮食上没有那么营养均衡，可这里所有的食物都是大自然赐给农民的劳作成果；我的周末也从赖床、逛街、吃饭、看电影变成了和孩子们去山里摘花、去河里摸鱼。

对学生的感情也让我无法割舍。课间时，学生们会围上来，男孩子举着小汽车模型羞涩地笑着说："老师，给你。"女孩子会把花偷偷放在讲台上，还会有学前班的小女孩举着一张不知道画的什么的画，话也说不清楚，就要递给我，也有男孩子会把鱼放进塑料瓶里，等我自己发现，然后说是送给我……或许在我们眼里那些东西是不值钱的，可是那可能是他们最喜欢的、最珍贵的东西。

回南京前，剧组只剩下两个人，要拿 14 件行李

上课时，无论再调皮的孩子都会听话。只要老师喊人到黑板上做题，哪怕倒数几名的学生，都会把手举得高高的，嘴里喊着“老师，我，老师，我”，用特别迫切的目光看着我。每次一下课他们还会问：“老师，下节课是你的吗？”如果是我的课，他们就会发出“耶”的欢呼，然后跑出去玩儿。

我突然明白，教育对于他们是真的非常重要，因为知识对于农村里的孩子来说是可以自己把握的最大的筹码，不像城市里的孩子，有非常多捷径——家长会送孩子去学习各种技能，音乐、体育、美术、舞蹈……这里的孩子只能通过提升成绩，参加考试，获取更好的生活。所以这里的孩子才是更加需要教育资源的。同时，他们也需要靠知识来丰富自己的精神世界。这里的知识指的并不是简单的语文、数学上的，而是一种广泛的学习，它指向现代生活的方方面面。

支教了两个月，我才明白了支教真正的意义所在——我需要引导学生，使他们明白读书的重要性，而怎么去引导，还需要靠自己不断摸索。

没来支教之前，提到支教，我脑海中常涌现出一些比较正能量的词，比如爱心、教育、温暖、太阳。来支教之后，除了爱、温暖之外，其实还有一些稍显沉重的感受。

首先是艰苦和同情。孩子们从小到大一直在这里生活，可能从几岁起就要开始帮家里干活，上了学之后，周末会帮家里干农活，此外家长并不会培养他们别的技能。他们甚至连做作业的意识都没有。这样的生活，他们自己或许不会觉得有什么问题，但是每当我看到他们顶着大太阳流着汗背着东西，还是很心疼的。因为他们没有过过更好的生活，所以觉得干活是理所当然的。

第二个是孤独。这是作为支教老师的深切体会，这里没有那么多同龄人，没有那么多娱乐方式，村民说的话我也不太能听懂，很多时候只能微笑着点头回应。人与人之间的沟通，在这里也尤为可贵。能够让你没有压力去社交的，是那群渴望知识、笑容如花的孩子。在这个陌生的地方，你要努力去和孩子们打成一片，才能从孤独里面跳出来。

第三个便是人性。这个词看着很高深，我把它理解为人的性格，每个人的性格最开始都是一样的，可因为成长环境、生活方式的不同，性格就变得多样化了。在这个地方，你从这里的老师或者村民身上或许能深深感受到代表这个地方的性格特色，性格没有那么完美，但善良是底色。

最后一个，便是感恩。这大概是来这里的最大收获。学生们自不必说，在他们身上，我获得了许多温暖与能量。感恩能与他们相遇。还有便是对学校、对村民的感恩，他们平时会关照我们的生活起居，过彝族年的时候还会给我们送糯米粑粑。这些善举我都会铭记于心。

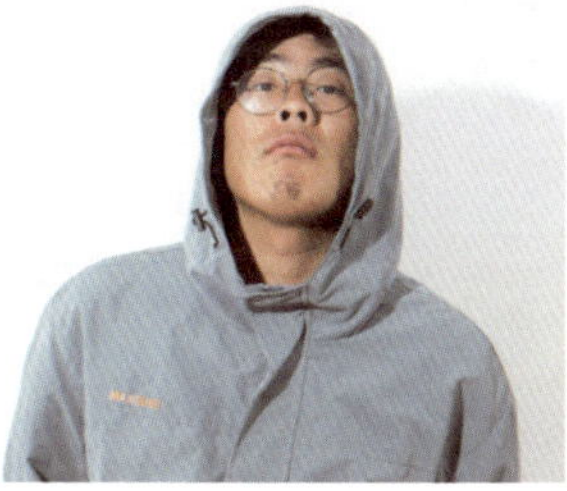

王可可
编导

拍摄手记

刚刚进入和之梦的时候，竹内导演都会请新人吃午餐，在公司人还不是很多的时候，这是一个传统，主要也是为了更多地了解员工。因为和之梦是一个纪录片制作公司，所以亮叔和萍姐都会问你一个问题：你想要拍什么题材的纪录片？

我出生在江苏中部的一个城市，我的城市里有江有海，但是却没有高山，没有巨大的贫富差距。小的时候看到在路边乞讨的人，爸妈都会告诉我这是外地的，某某省的。因此，从小有一种偏见就在我脑海中形成了：那几个省份很穷，到处都是吃不起饭的，穿不起衣服的。长大后，随着对世界有了更加深刻的认知，那些从来没有机会经历的生活时不时地挠动着我的心头——我想去贫困的地方看看。

我也是这么回答亮叔、萍姐的。

但很可惜的是，一直都没有机会真正去那些地方，只能说自己的行动力赶不上欲望。直到徐亮入职。

我是 2018 年入职的和之梦，徐老师是 2020 年才来，那个时候我们刚刚因为拍摄了《南京抗疫现场》在网络上有了一些知名度。对于这个高高胖胖的摄影师的入职，我并没有太在意，只是听说他的航拍很厉害。

但是我不知道的是徐老师是带着拍摄计划进公司的。

我也不知道自己竟然可以参与这个项目。

那天亮叔突然找到我，说徐亮有个策划，问我愿不愿意做编导。在我们公司，每个人都是可以做策划，甚至做编导的，所以我的第一感觉是：这不太好吧，这是属于徐亮的。当我还在犹豫的时候，徐老师主动迎了上来："我们一起拍大凉山啊！"

我人生的第一次山区"旅行"就这么开始了。

虽说我是编导，但是前期的各种计划，包括路线以及时间安排，都是徐亮规划的，因为他真的对那里太熟、太有感情了。

真正开始做计划大概是 6 月份，徐老师查阅了很多资料，加上对大凉山的了解，我们计划了一定要拍的几个场景：火把节，扶贫绿皮车，"悬崖村"，大熊猫的故乡美姑县，泸沽湖边盛产苹果的盐源县，以及徐老师支教过的双河小学。这条线路横贯大凉山，所以一开始的日程计划也是拉得比较久的，大概要二十天。

但是熟悉竹内导演的都知道，他这个人，真的不按常理出牌，所有的计划对于他而言，只能是个参考。也正因为如此，才有了后来的故事。

为了坐上成昆铁路上那趟扶贫火车，我们特地飞到成都，而不是位于凉山州腹地的西昌市。我们从成都租车，一路迎着远处的峨眉山前进，路途遥远。

因为之前从网上找到的信息有限，也为了不错过列车到达的时间，我们大早上就出发了，不记得开了多少个小时，走了多久蜿蜒曲折的山路，终于到达了河谷边的火车站——关村坝。车站周围空空荡荡，只有汹涌奔流的河水声。站前停了几辆外地开来的私家车，一群大叔正在脱衣服准备游泳。湍急的河流，全是上游雨季流入的河水，两侧都是高高的悬崖峭壁，让人不禁倒吸一口凉气。大叔们很热情，操着“川普”询问我们是从哪里过来的，简单的寒暄后他们便迫不及待地钻入急流中。作为旱鸭子的我，深感敬佩。他们真的太勇敢了，这样冒险的事我这辈子都不可能做。

告别大叔们后，我们便开始寻找火车站的入口。从栅栏往里望，望不见一个工作人员，门也是锁住的。我们有些着急，因为听说这趟车一天就只有一班。担心之际，从旁边的村子里问到了可靠的信息，原来，要等到火车到达前站门才会打开。

等了不过十几分钟，火车便缓缓驶来。我和亮叔还有摄影师杨林老师跟火车出发，徐亮还有制片小张留在原地拍外景，之后再开车追上我们。

这趟火车的速度很慢，在来之前我们查阅资料得到的信息是，车上的彝族居民会带着各种牲畜去城市里售卖，对于纪录片而言，这是极好的素材。

可惜，我们坐的是回程方向，车厢里没有想象中的热闹。

火车是上车买票，之后正如大家在影片中看到的一样，我们遇到了从城里贩葡萄回村的一家人。片中没有过多讲述他们的故事，因为在剪辑的时候，为了权衡正片的比重问题，只保留了关于这趟车以及火把节的部分信息。

亮叔留了他们的联系方式，本想改计划去他们的家乡拍摄火把节的内容，可惜在我们下车之后便再也没有联系上他们。也许是第一次见到外国人,尤其又是日本人，难免让他们有所顾虑吧。

火车只是一段体验，我们没有坐全程，两个小时后就下车了。我在站台上拍到一个望着窗外的小女孩，我很喜欢这张照片。我不知道她当时在想什么，如果是我，只看着近处、远处的风景，已经足够令人沉醉了。

我们下车的车站我已经不记得叫什么了，不过有一个有趣的点，没有剪到正片中。亮叔下车后在站台上跟车厢里的一群小朋友打招呼，介绍自己日本人身份的时候，孩子们明显紧张又兴奋，冷不丁地蹦出了一句“日本鬼子”。亮叔笑了，孩子们也笑了。没剪进去的原因很简单，前面的“啃鸡爪小伙”已经认证过了。

拍完火车之后，我们到西昌落脚休息了一晚，西昌很繁华，繁华到让我觉得它不属于大凉山。

徐老师热情地领着我们去吃凉山有名的火盆烧烤，但我并没有领会到它好吃在哪里。

接下来便是我们这次拍摄的主要行程了。

正片中我们先去了“悬崖村”，其实我们是从西昌出发直奔此行最重要的目的地——徐老师心心念念的布拖县。关于为什么反过来剪辑，这个稍后再做解释。

一路上路况时好时坏，有修缮得挺不错的柏油路，也有被大卡车轧得坑坑洼洼的烂泥路，因为正值雨季，灌满了雨水的大土坑，让很长一段路变成了一条布满陷阱的烂泥路。车开了很久，底盘被蹭到不少次，气得徐亮骂骂咧咧。

我能理解他的心情，但也明白，造成这些大坑的“肇事者”大卡车，不正是正在建设大凉山的工程车吗？

大约四个小时后，我们到达了布拖县城。火把节前一天的县城，热闹非凡，卖鸡的、卖柴火的、卖民族服装的……小孩子们盛装打扮，商贩们卖力吆喝。县城不大，

沿途的某个村镇门口的小卖部，一位老奶奶坐在地上织布，竹内亮很感兴趣

几乎什么都有的卖。没有高楼，灰灰的像是刚从土堆里钻出来一样，街面上有很多商贩居民们丢弃的垃圾。

去双河小学前，我们联系了那里的支教老师，7月正值他们放暑假，但为了我们的拍摄，他们选择继续留在学校等我们。我们觉得过意不去，在县城里买了许多蔬菜肉品等，因为知道山里面物资并不是那么丰富，同时也是为了表达谢意。

又是晃晃悠悠的两个小时，终于抵达了双河小学。

刚下车，徐老师也顾不上拍摄，热情地给我们介绍起这个学校——新的教学楼，还有他住了一学期的宿舍。

虽然我不是出生在什么富裕的家庭，但我的确没住过这么简陋的地方。因为放假，能用的房间不多，安排给制片小姐姐的房间没有灯，我便把自己的上铺让给了她，自己打地铺。床垫被子也有些年头了，房间里到处都是虫。晚上山上还是很冷的，盖一床被子还是受不了，只能穿着衣服睡觉。当第二天醒来，发现靠近嘴角的被子上有一摊风干了的鸟屎时，我确实惊到了。

在布拖县拍摄的第一天，我们直接拜访了徐老师学生的家。俄木夫妻很热情，两个小孩长得很有灵气。其实他们村子已经有很多人搬进了政府帮忙盖的安置房里，家电家具也一应俱全。俄木家因为一些原因，没有申请到住进安置房的资格，不过政府还是给了他们装修新房的费用。他们的旧房我们也去看过，真的……难以描述，人和牛羊睡在一起的感觉，是常人无法想象的。俄木新家不大的屋子隔出三间房，一间卧室，里面摆放了两张床，一台早就坏了的电视机，中间一间是一家人烧火吃饭的地方，另外一间很小的储物间堆满了杂物。整个屋子只有一只功率不高的灯泡，显得十分的昏暗。

知道徐老师要来，俄木夫妇早早就准备好了村里刚分到的现杀彝族黑猪肉，准备做彝族人用来盛情款待客人的名菜——坨坨肉。

坨坨肉是真的好吃，可惜我不爱吃猪肉。原本的坨坨肉是直接水煮就可以吃的，徐老师有在当地生活的经验，他教导演放在火里烤着吃，应该是肉质的原因，真的好吃。但是，屋子里的烟也是真的呛人，直接把我逼出了门外。

俄木家旁边就是村里新修不久的活动中心。这天是火把节，因为疫情，原本盛大的节日只能简单地举行。音响里放着《七月火把节》，村里的男女老少穿着传统服饰，围着火把转着圈跳着舞。从前只能从电视中见到的景象来到了眼前，感觉真的好奇妙。直到今天，那晚放的几首彝族流行歌曲时不时地还会在我脑海中响起。

第二天，我们起床后本来计划还是去拜访俄木一家。路过昨晚举办篝火晚会的广场时，我们看到一群小朋友聚在一起，靠近后才知道是外面的公益组织给他们捐赠了新的衣服鞋子。据说这样的捐赠每个学期都有。孩子们本来只是领完，拿着新衣服拍个感谢视频就结束了。亮叔觉得只是拿着不够真实，便问可不可以穿上之后再拍。于是孩子们就在现场热火朝天地换起了衣服，丝毫不顾及隐私什么的。孩子和家长都显得非常开心，跟我们一起来的制片小张应该也是没见过这样的场景，一个人在角落痛哭抹泪，女孩子的心真是柔软啊！

当天下午的拍摄计划是还原孩子们的上课场景。因为是暑假期间，为了能够呈现日常上课的场景，我们临时让支教老师们喊了一批孩子过来，他们中有的人甚至要走一个小时的山路才能赶过来，当然这对于山里娃来说不算什么，但我们还是觉得有点抱歉。当然这个安排事后也引起了一些人的非议，认为我们是在摆拍。没错，是摆拍，但是没撒谎。课堂上竹内导演跟孩子们的聊天没有说谎，徐老师的眼泪也没有说谎。山丘上小女孩们弹琴唱歌也是我们临时决定拍摄的。拍完的时候我们行程还没过半，但是亮叔已经决定，这一幕就是片尾了。

本来第三天我们就要离开这里去拍摄其他内容了，但亮叔临时决定跟拍俄木一家的生活，这也符合他“无台本拍摄”的风格。早上五点，大家就起床了，因为听说割荞麦一定要在太阳出来前，不然麦粒被太阳晒了就会掉落。早起干活的都是女性，大都很年轻，手脚也很灵活。其中有一个怀孕的女性让我印象深刻。她还很年轻，但已经怀第二胎了，丈夫还在城里求学。在镜头面前，她毫不掩饰对大城市的向往。想离开大山的想法那么强烈，我想一定程度上她能够代表很多凉山人。

似乎这里干活的都是女人，男人们总是聚在山坡上一起喝啤酒、打扑克，不然就是刷短视频、闲聊。也许是因为那几天过节，他们从外面务工回来，想要好好放松一下，只是徐亮不这么认为。

告别俄木一家，我们启程前往计划中的下一站——“悬崖村”。我想这里就不过多赘述了，视频中基本都展

沿途“马”路

示了，有几个小插曲可以提一下。

亮叔因为恐高症其实很早就打退堂鼓了，中间暂停了好几次，不断跟我哭诉想要下山，最终还是在威逼利诱之下坚持爬到了第一个小平台，也就是遇到卖水老奶奶那里。中间休息的时候，亮叔恳求了好几次，考虑到之后的行程安排，我们最终还是放弃了继续攀爬的计划。事后我们才得知，其实有一条路是可以开车上去的，只不过需要绕很远才行。

因为山很高，无人机只能飞五百米，于是只能拜托徐老师开车到峡谷对面的山头进行航拍，我们这才看到了“悬崖村”的真实面貌。不过对面的山路非常危险，差不多只有一车多宽，等徐老师回来的那段时间非常煎熬，想知道他的消息，但又不敢给他打电话，怕他接电话的时候出什么意外。

下山的时间比上山更久，亮叔还把脚崴了，只能在山下的溪水中冷敷一下。

当天休息是在昭觉县城，这里看上去比布拖县好太多了，更繁华，有更多娱乐场所，网吧、KTV 之类的。

原本的计划是拍完“悬崖村”和安置房之后我们可能就要启程回南京了。但是竹内导演在此期间发了一条我们在大凉山拍摄的微博，随后收到了一条特别的私信，也就有了那支足球队的故事。

足球队这个故事其实很丰富，并且瓦吾小学也很有名，有许多纪录片讲述他们的故事。我们拍摄了两天，其实已经比较完整地拍摄了一个男孩的故事。只是因为最后剪辑的时候，在和竹内导演商量之后决定，与其像传统纪录片那样在结尾升华（片头踢球的长镜头航拍，我一开始剪辑的时候想用作全片最后一个镜头），不如反其道而行之，先扬后抑。如果先讲布拖县俄木一家的故事，再讲到这支球队的话，大家会认为一切都挺好的，外界可能就没有那么在意这个地方了，所有观众鼓鼓掌离席，开开心心回家了。竹内导演不希望这样，我也觉得是这么回事儿。于是在第一版剪辑出来之后，导演就立刻提出颠倒故事顺序的想法。我们希望故事到这里没有结束，希望更多人关注凉山，关注凉山的教育发展。

回到这支球队本身，关于山上的故事我们在正片中几乎全部删除了，想要跟大家说说那里的故事。我们随机挑选了一位叫伍勒的男孩作为主人公。他的爸爸去世了，妈妈改嫁后联系也不怎么多，平时跟着舅舅舅妈生活在山上的安置房内。我们拜访的那天，他舅舅正在山上用牛耕地。大山里的汉子没读过书，普通话也说不上来几句。

伍勒的梦想是成为武磊那样的球星，将来赚钱给家人改善生活。他也跟着球队去过许多大城市比赛，见过城市的繁华，对外面的世界尤为憧憬。视频中其他孩子也都有各自的偶像，几乎都是大家熟悉的足球巨星。我不清楚他们究竟是不是只知道那么几个球星，但采访的时候他们给我的感觉和双河小学的孩子一样，在镜头前羞于表达自己的想法。我们也尝试让徐亮单独和孩子们聊天，但效果依旧不理想。所以最终我们也没有把采访放入正片，不管他们是否只知道C罗、梅西，他们想要通过足球改变现状的愿望应该是真的，他们对于足球的热爱和训练时努力的劲头也是真的。

瓦吾小学除了校长，几乎也都是来自全国各地的支教老师，其中给我留下最深印象的是一个来自东北的胖胖的老师，他主要负责在山顶训练孩子们踢球。他告诉我们，这里的家长们一开始几乎都不支持小孩子们上学，更别说是踢球了。因为对于他们而言，他们生这么多孩子，是为了让他们干活赚钱，读书没有用，读了也走不出大山，还要花钱。女孩子们更应该早早嫁人，下地劳动，生儿

沿途风景

育女。这里的校长花了很长的时间才说服家长们让孩子来学校上学。那位老师告诉我们，虽然现在孩子们没有辍学，但是不代表家长们就认同教育的力量。为什么呢？因为他们并没有看到好处，没有看到教育的意义。那什么时候才能看到呢？也许还要十几年吧，等这批孩子有了出息，等家长们看到教育所带来的改变时。但是这期间有多少孩子会中途主动或者被动放弃学习呢？我们谁也不知道。

采访最后，导演主动给他们送了一句签名，“努力家胜过天才”，这句话是导演小学时期他的棒球教练签在棒球上送给他的，他受益至今，也一直影响着我们这些年轻的编导。

从大凉山回来一个月后，我们得知当时采访的一个小男孩在回家的路上出了车祸离世了，大家都很心痛。他的梦想是成为像C罗一样的球星，出于尊重，我们在正片中没有剪出他的回答，但愿在天堂也有一片属于他的球场。

其实在这部片子里，我觉得称自己为剪辑更准确一点。故事是徐亮提供的，一些临时的拍摄几乎都是竹内导演的想法。在剪辑过程中，每次到徐老师哭的那段我都有点绷不住，说实话我在现场都没有那么深的感触。日常生活中我很少流泪，看影片时却毫不吝啬眼泪。每一次剪辑都像是第一次遇到这个故事一样，每一次都有新鲜感。

这部片子因为各种原因，从原本计划的2020年年底前播出，一直延期到2021年的4月，这中间过程很煎熬。我们一直迫不及待地想把这个故事呈现给观众，把我们的感动更早地传递给大家，让这个地方、这群人更早地被关注到。不过尽管播出延期了，但是影片的效果真的出乎我们所有人的意料。

在那之后我又去过两次大凉山。第二次是2021年夏天拍摄另外一部纪录片，去的是甘洛县，这里有一群篮球打得特别好的孩子。他们个儿不高，瘦瘦小小的，但篮球技术丝毫不逊于成年人。那次拍摄竹内导演没有去现场，因此我的任务更重一点，其间我也手痒试着和其中几个孩子“斗牛”，自认为球技不错的我被小朋友们狠狠“教育”了一番。

第三次是2021年9月，拍摄棒球纪录片。纪录片《棒！少年》中的强棒天使队到凉山州美姑县挑选球员。棒球和足球、篮球不一样，不光是山里孩子，我们这些城里人几乎也没有接触过，别说没打过，连怎么挥棒都不知道。

三次凉山之行，几乎都和体育相关，除了教育脱贫，体育脱贫似乎也是很多贫困地区的首选。我在拍摄的途中看到了许多不同的景象。

我很尊重每一个扶贫工作者的辛勤付出，也非常认可国家的扶贫政策，只是这条路真的还很远，我们普通人能够看到的还不够深。就像影片传递的价值观一样：一切都在慢慢变好，一切却还只是开始，路还长，勿忘。

杨林

摄影师

《走近大凉山》拍摄随感

2020 年 7 月，我接到竹内亮导演的电话，他问我是不是有时间帮他拍一部纪录片，得到的信息就是去大凉山，具体内容也没有讨论。我和竹内导演早在 2010 年就认识了，一起合作拍摄了纪录片《长江·天地大纪行》。此后，又陆续和他拍摄了不少中国题材的纪录片，算是老搭档，也是非常好的朋友。他的拍摄方式和风格我非常熟悉，知道他最大的特点就是随机性，善于在现场第一时间发现故事，用平实的方法讲述故事。

所以对于我来讲，这次拍摄是再普通不过的一次工作了。没有想到在拍摄的过程中，参与拍摄的团队人员还有主人公的故事，给我这个从业三十年的摄影师留下了极其深刻的印象。

影片中所有主人公的故事大家已经都看到了，对于

十年前骑驴进大凉山

杨林、竹内亮早年工作照

他们的命运，他们的生活，他们的改变，每个观众可能都会有自己的认知和判断，我就不发表自己的观点了。我想和大家分享下这次拍摄中我最大的感触——纪录片创作者的热情，对于拍摄出一部优秀作品的重要性。

这次的拍摄团队主要是四个人：导演竹内亮，执行导演王可可，策划和摄影徐亮，我。他们三个人都是和之梦团队的，我这个摄影是他们团队常年的合作伙伴，算是外来的“雇佣军”。

先聊聊竹内导演吧。他的个人经历被很多媒体都报道过，我就不赘述了。但我能看到的是，自从纪录片《好久不见，武汉》播出后，他的作品得到了广泛的传播，也有更多的观众喜欢上了这个来自日本，生活在中国的纪录片导演，随之而来的是很多机构、媒体都在找他合作。在拍摄《走近大凉山》之前，他已经有很长一段时间是处于一种饱和工作的状态，一个拍摄接着一个拍摄，就算拍摄之间有一两天的空闲，也都是忙着后期，各种工作压得他身心疲惫，我也很担心他不能以最佳状态投入到拍摄中去。到了现场，我觉得我的担心多余了，他依然对自己看到的人，看到的景，遇到的事情充满了好奇和热情。最关键的一点是，他的这种投入，并非敷衍，是真的被他遇到的人和事感动了。从他拍摄的投入度上，我看到了那个十几年前对中国充满了热情和好奇的日本纪录片导演竹内亮，他的初心一点没变：让更多的人了解一个真实的中国。

王可可是和之梦年轻有朝气，又有很多自己独立思考的年轻导演，这次拍摄之前他没有去过大凉山地区，虽然之前也去过一些乡村地区，但对真正的农村生活并不是很了解。因而从坐上开往大凉山的车之后，他便对自己看到的一切都充满了好奇，只要有机会，他便完全不顾长途奔波的疲劳，尽量多地去接触拍摄对象，设法了解祖祖辈辈生活在大凉山地区的最普通百姓的真实想法。也可能正是因为可可导演的真诚,感动了很多受访人，使他们能够主动打开自己的心扉，在一种放松的状态下接受采访。他的热情得到了回报，最终让这部纪录片呈现出了爱与梦想的主题。

徐亮是我接触到的一个在纪录片拍摄经验上几乎是“小白”的摄影师。不过，正是因为他在大凉山支教的生活，才有了《走近大凉山》的拍摄策划，也是因为他的真诚打动了竹内导演，得到了认可，拍摄才得以很快启动。他在摄影方面虽然经验不多,但他对自己的拍摄对象，大凉山的山山水水，一草一木，都有很深的感情。他希望能帮助那里的孩子，希望大凉山落后贫瘠的状态得到改变，希望那里的人生活得越来越好，希望那里的山越来越美，水越来越清……正是因为他的感情投入，他才能更敏锐地捕捉到拍摄对象身上的细节，最终让这部纪录片更加有血有肉，得到更多人的共鸣。

也正是因为有这样一支对大凉山充满了丰富情感的制作团队，最后才给观众呈现了一部具有人文关怀的纪录片。

哈妮
撰稿人

我爬上了“悬崖村”

神秘的“悬崖村”到底是个什么样的地方，住着什么样的人？竹内导演没能爬到山顶，为了向读者介绍更真实的“悬崖村”，只有本书的撰稿人——我——壮胆去爬爬看了。

当文古听说我要在2022年3月去“悬崖村”后，她便托支教老师黄琦来问我，如果方便的话可不可以带她一起去。

我很开心，这意味着我一路上多了一个会说彝语的同伴，但也有一点担忧，因为我并不确定自己是否能爬上“悬崖村”。从纪录片里看，人在悬崖之上攀登，除了双手紧握栏杆，似乎并没有什么其他保护措施，而且我的膝盖此前因为长跑有些损伤，我一直避免爬过多的台阶，更何况是大凉山的钢梯。

可我所有的担忧，在见到文古之后就被一股脑儿地抛到身后了。她反复告诉我，“自己做梦都没想到可以去爬‘悬崖村’，这是一辈子才有一次的机会”。因为在当地传统观念里，女性应该好好在家里干活，不该想着去这玩去那玩。而和我去“悬崖村”，给了她一个名正言顺的出门机会。

文古对“悬崖村”的了解远比我要多，她几年前就在快手上关注了“悬崖村”的网红，在视频里看过那些钢梯，知道有多可怕，但她却仍跃跃欲试。我既然答应了她，就别无选择，出发前尽量避免看任何可怕的介绍。

（一）发誓此生不来第二次

我们相约第二天一早，一起从布拖县城车站坐车去昭觉县，想着“悬崖村”也算是个景点，昭觉车站一定有去那里的车。一路上文古跟我诉说着她的兴奋——前一晚几乎没睡着，今天的背包是特地跟亲戚借来的，裤子是昨天特地让老公花二十块钱新买的。她说自己跟相熟的亲戚姐妹们炫耀了要去“悬崖村”，有姐妹让她拍视频时也叫下她的名字，就像她也一起去了一样。

大概十点钟，我们到了昭觉车站后，才发现并没有去“悬崖村”的车票。车站门前的几个彝族女性热心地给文古指路，我注意到她们头上戴的帽子和头巾与布拖县女性的稍有不同。在布拖县，女性通常戴的是蓝色鸭舌帽，帽檐要短，为了保持高度，大家会在帽子里塞些卫生纸垫一下。文古跟我说改革开放前，所有彝族女性都要戴这种帽子，有蓝色的也有黑色的。但在昭觉，帽子和头巾的颜色一下子多了起来，红色、紫色、绿色。文古说，昭觉人的思想比布拖人要开放，不过很多人也认为布拖县的女性其实更加传统。

文古问完路后告诉我，我们得搭客车去另外一个地方，那里有很多揽客的司机，从那里搭私家车才能到“悬崖村”。同车的有好几个人，其中一个小伙子听说我们要去“悬崖村”，加了文古的微信，说是回程可以捎我们回昭觉。

我们并不确定当天能不能回得来，打算如果当天爬不下来，晚上就住“悬崖村”的民宿。那天同车的昭觉本地人都没有爬过“悬崖村”，觉得太危险了。

危险并不是去爬“悬崖村”时才能感知到的。去“悬崖村”的路，也是沿着悬崖盘旋上行，路旁峭壁耸立，我总担心会有落石砸到车。路很窄，双排道，往来有很多大货车。司机经验丰富，但是常在悬崖边弯道超车，小客车上并不是每个人都有安全带，每一次超车再迅速避开迎面而来的车辆，都让我心惊肉跳。我死死握住窗玻璃上方的把手发誓此生不来第二次。下车之后，文古也跟我说，不喜欢这样因为技术好就总超车的司机。

终于到了“悬崖村”脚下，那里有个小店，名字叫“今晚吃鸡”，是个餐厅兼小卖部。老板也没有特地招揽生意，文古问门口的小哥有米线吗，小哥说有，我们便进去了。店内有一个半露天的院子，院子的角落里养了一些鸡，旁边就是郁郁葱葱的山景，能听到瀑布声。

（二）遇到“悬崖村”的网红弟弟

院子里摆着几张桌子，没有菜单，只有一个小哥在吃一大碗面条。红汤，上面有两个荷包蛋，看起来特别诱人。小哥边吃面边直播。我心想，大凉山果然有不少网红呀。

虽然抱着到了景区免不了被宰一笔的想法，但觉得一碗面条也贵不到哪里去，就没问价钱，要了小哥的同款面条，也加两个荷包蛋。文古点了一碗米线，我也让老板加了两个荷包蛋。那可不是普通的荷包蛋，是我们登顶的能量之源呀。

餐厅顶棚装点着塑料枫叶，枫叶间挂着一串串腊肉、腊肠，真想让老板给面里也加点腊肉尝尝呀，可老板说腊肉是炒菜用的。没看见菜单，我们还赶时间，就没多问。

这时文古上完厕所走进来了。她一下子就认出了正在直播的小哥：“你不就是那个网红弟弟吗？”

饭馆里挂着的腊肉

文古在好几年前就关注了这个“悬崖村”的主播，那时候主播还是瘦瘦黑黑的，现在胖了一些，但还是帅得很。她想给弟弟拍个视频，正大口吃面的弟弟腼腆地拒绝了，他让文古稍等一会儿。文古听到后高兴地小蹦了几下，像一个少女见到偶像。网红弟弟吃完面后站了起来，跟文古说可以拍了。他对着文古的镜头说：“请大家多支持这位姐姐。”

在等面的过程中，文古就迫不及待地开始剪辑视频，还给弟弟用了增白，在我面前回放了快十次。吃完饭，我穿上护膝，在店里买了瓶矿泉水，结账时发现一共才三十块钱。那么一大碗面加两个荷包蛋才十四块，矿泉水是两块钱，并没有因为是景区就乱加价。

甚至，“悬崖村”连门票都没有。我们从入口上山，先是一段普通的台阶，没走多远就看到“悬崖村”几个大字，下面是有名的标语：“撸起袖子加油干！”

开始攀钢梯后，我们俩都变得小心翼翼，文古每爬上一段钢梯都会拍一段视频，她说这样最终就可以剪

“悬崖村”入口

辑成一个完整的视频了。文古特别喜欢拍视频，跟我说自己的梦想是当一名摄影师。每次给我拍照都特别讲究角度。

越往上爬，我就越意识到脚下的两根钢管下面就是悬崖，觉得我们在爬通往苍穹的天梯。但奇怪的是我并没有害怕，觉得只要手抓住栏杆，脚下踩稳，不转身看来路，不抬头看前方，走好脚下每一步，就没有问题。人往往比自己想象中更勇敢。我的膝盖虽然在平地上走时还有些疼，但是真正爬钢梯时完全不疼。加上我之前特地穿了跑鞋和带拉链的运动上衣，心里油然而生出一种安全感，觉得衣服鞋子都很可靠，自己是被它们守护着的。

文古也是边爬边大喘气，还说被其中一段吓得腿都软了，但是短暂歇息之后，还是鼓起勇气继续爬。我在出发前问文古："你有信心爬上去吗？"她回答得很果断："有！"中途每次问她，她都很坚定。

她抽空就在拍视频，当我俩几乎是垂直地站在山腰上，脚下就是万丈深渊时，她还在拍视频，并感叹从视频里看更恐怖了。我只能劝她不要看，我也不看。

（三）不到"悬崖村"非好汉

一路上，我们不断遇到下山的游客，大概有十组人，没有一组是爬到最后的。其中一组是一对夫妻和八岁的女儿。小女孩下山一丝不苟，我问她害不害怕，她说不害怕。我想如果是我，可不敢让自己的小孩来这样的地方。

还有一组是一对夫妻和一个年纪大一点的男性——像是女方的爸爸，他正扶着栏杆，蹲着一步步往下挪。女孩打趣老人家都吓得不行了。但老人家有自己的说法："我腿虽然抖，并不是因为我害怕，而是因为我体力不行了。"他感慨："都说不到长城非好汉，能爬上'悬崖村'的才是好汉。"

终于爬到了一个大平台，我和文古决定歇一下，这是大多数游客返程的地方，再往上爬就更陡了。一部分游客爬到上面更陡的地方后，发现前方还有一座山，不知离终点还有多远，所以放弃了。听了这些，文古却仿佛更加坚定了爬到顶的决心，她说其他人可能还有机会来，但是对她来说，这是一生只有一次的机会。

最陡的地方接近九十度。之前还是两只手扶着身旁

和文古一起爬"悬崖村"

的栏杆一步步向上爬，这种地方只能手脚并用俯身向上爬行了。我和文古像念诀窍似的，一直互相提醒："手握住了再用脚踩。脚踩稳了之后，再松手。不着急，一定要稳一点，慢慢来。累了就休息一下。"

在爬钢梯的时候，身边有山羊经过。有母山羊带着几只小山羊在觅食，它们可不需要走钢梯，在坡度巨大的峭壁上也能行走自如。有时我和文古快爬到一个平台时，抬头一看，等待我们的是两三只山羊，它们目光温顺地看着全力以赴的我们。

我和文古到达大平台的时候，坐下来吃苹果。母山羊就凑过来，舔文古的背包，我以为它是和文古亲近，文古说它是闻到了苹果的香气。山羊们在大平台的水洼里喝水，水是流动的，从一个水管口不断流进新的水。文古告诉我："这个水，人也是可以喝的，如果一会儿我

闻到苹果香气的羊

们下山实在没水喝，可以接这个。”

爬行过程中，时常会看到大峡谷对面的另外一条钢梯，我总会注意到对面的一个蓝色的小房子——在一望无际的大山之中，只孤零零站着的一个小房子。初春的山间还光秃秃的，那抹蓝色格外显眼。我忍不住想那是不是一户人家，如果是，会不会很孤独。

一路上我们还遇到了两个简易的窝棚。其中一个还有凳子，是给游客歇脚的。但是我和文古的共识是，如果还有体力就不要停下来，不要想还有多远，因为越停越想越害怕，还不如一鼓作气。当然一鼓作气是不可能的，那些坡度很大的台阶，每爬一段都要大喘气歇一会儿。

熟悉了环境之后，我们俩的胆子越来越大。尤其是文古，她不但在危险（在我看来很危险，比如踩着栏杆）的地方照相，而且爬到一半，她像突然想起来似的说：“我为什么不开直播呀？”我连忙劝她：“太危险了。”但是我的反对无效，她说试试，如果不行就会收好手机。我在前面爬，实在不知道她是怎么做到一边爬一边直播的，只是大概过了五分钟，她就在后面说不播了，一个观众也没有。但接下来她也没闲着，给儿子打视频电话，给妈妈拍视频。

如果没有文古，我是绝对不会一个人去爬“悬崖村”的，因为越往上，越陡峭，也越是杳无人烟。

我们爬过第一个山头，果然还有一座山。但很快，我们发现其实距离“悬崖村”也只剩了三四段非常陡峭的钢梯了。文古不断感叹，那些放弃的人好可惜呀，他们以为还有好远，但是只要再坚持一会儿，就能到了。

我们大概花了三个小时上山。在最后一段钢梯旁，我看到了写着“中国移动”字眼的光缆，沿着钢梯，直通山顶。

中国移动覆盖“悬崖村”

（四）悬崖上的牧羊人

到了山顶，就看到了“悬崖村”的路标。文古拿起手机，要拍下进村的全程，让我在前面讲解。映入眼帘的是零零散散的十多处小房子，泥土建的，看起来都塌了一大半。文古看到视线最远处有一个飘着国旗的房子，猜那里应该是个小学，通常学校才会挂国旗。

我们踩着泥土路走向学校，途中又看到了墙上写着“小卖店”的土房，心想先去学校，待会儿回来可以去买点水。中途我们还经过了一个果园，园子用网障挡着，但是有一个篱笆做的小门。我们翻过小门朝对面走去。山路弯弯曲曲，去到小屋还是要爬坡。走近小屋后，才发现院子里没有人，几个小屋都锁着门。

站在院子里，远远看到山上有个人朝我们走来，我们就在小院里等着他。他长得黑黑的，个子不高，是在山上放羊的某色阿长。阿长今年五十岁，没上过学，听不太懂汉语，只会说彝语。

他告诉我们，如今山上的人都搬下去了，只剩六七个人在山上看羊看树，每个月有工资，一千五或者两千。和阿长一起留下来看羊的人，有两个人和阿长差不多大，其余的是二三十岁的年轻人。

他们一共要放一百多只羊，是平安银行资助的脱贫项目，意在让当地村民学习养殖技术，带领更多村民致富。

阿长的家人都搬下山，去昭觉县城了，妻子在县城社区做保洁，三个孩子都在学校读书。分别十四岁、十二岁、八岁，读五年级、三年级和二年级。十四岁才读五年级，在当地很常见。因为早先上学，路途又远又危险，所以上学晚一些。

某色阿长家在县城里分到的房子，一百多平，只花了一万块钱。房子里有各种家具，没有冰箱。一旁的文古说，政府好像把冰箱拿给没有分到房的村民了，她家就有。

三个孩子上学也有补助，每个小孩交了九百多，退回了二百多。下山的人，政府资助他们去外地打工。还可以上培训班，免费学理发、厨艺。当地有工作机会，也会雇他们。

阿长在山上，除了放羊，就是看树。山上种了很多油橄榄树，村民们的土地被承包了出去，承包商每年按照每家几亩地付钱。

我对羊群很感兴趣。之前读李娟的《春牧场》，她写哈萨克游牧民族放羊，早上要把大羊和小羊分开放，中午等到两个羊群即将汇合时，“群山震动，咩声轰天”，每一只羊都会不顾一切地冲向自己的孩子或母亲，那惊狂的喜悦，如同已经离别了一百年，每天一次的相会都如同一生中唯一的一次。

但是阿长却说“悬崖村”的羊是“敞放”在山里的，大羊小羊不用分开，晚上自己会回来。从小放羊的文古也有经验，羊认得家，有时候被卖了，也能翻过几座山回家。

我们误以为是小学的房子，其实是一个民宿，一共六间房，每间房里有两张床。其中一间门口倚放着一个用竹筒拼字做的牌子，写着“悬崖山庄”，阿长说是一些小伙子做的。

旅游有旺季和淡季，每年火把节、彝族年、国庆节是旺季，有不少游客晚上就住在民宿里。五十块钱一晚，双人间，床铺也挺干净。如果悬崖山庄十二个床位住不下，也会被安排住其他的屋子。有些游客还会几个人合伙在山上买只羊，晚上烤着吃。淡季就如我们到访的那天，没什么人。

山上除了羊、树、放羊人，只有偶尔出现的野猪和

“悬崖村”民宿及内景

黑熊。野猪只糟蹋庄稼不袭击人，村民知道黑熊是重点保护动物，对它敬而远之。

山上有畅通的网络信号，某色阿长虽然有时一个人在山上，也不感到孤单，因为他可以玩快手，网络驱逐了放羊人的寂寞。虽然有“悬崖村”的村民在快手上直播，但是阿长不识字也不会说汉语，没有直播过。

（五）还想再来爬一次

某色阿长虽然很羞涩，但还是跟我和文古聊了很多“悬崖村”的故事。三十八岁的文古自认为和五十岁的阿长是同一辈人，对很多话题都有共鸣。阿长没有读过书，文古说他们那一辈人，父母就没有考虑过要让孩子上学读书，家里有很多活，捡柴、放羊、喂猪。但现在这个时代，不会有父母让小孩只在家里种地捡柴的。

他们那一辈人都是从小光着脚丫放牛放羊，和牛羊睡在一起长大的。家里只有一间土房，只能分一部分给羊和牛睡，人睡在另一边。中间也不会有很多遮挡物，只有几个木棍拦着，保证牛羊不出来就好。

文古觉得自己可以体会阿长他们搬下山的感受。如果以后七老八十了，小孩都成家立业了，在城里会很怀念在“悬崖村”的日子，怀念以前的生活，会有心酸的感觉，毕竟每个人都觉得家乡是最好的。

我问阿长，大家下山后都喜欢待在山下吗，有没有想回来的。文古却说，那是不可能的，怀念是怀念，怀念和生活是两码事。

因为要在天黑前下山，我和文古不得不和阿长告别。临走前我们想买一瓶水，阿长给我们拿来两瓶，不肯要钱。这两瓶矿泉水，既代表了彝族人质朴的情谊，也像是对我和文古勇敢爬上山的奖励。给我们送完水，某色大哥就先行离开去看羊了。

我和文古在回去的路上，被一个墙体贴着海报的房子吸引，上面写着“小花和熊二家”。我们以为没人住，想推门进去看看，推了几下，里面传出了声音，我们赶紧道歉离开了。原来除了阿长，村里还有其他人。

要离开村子时，我和文古都有些不舍。虽然在大山之间已经看不到某色阿长的身影，我和文古还是一起对着村庄大喊了几声“某色，卡莎莎！”，不知道他听见了没，在空旷寂静的大山之间，他应该听得到吧。

我和文古上山的时候还有点担心怎么下山，但我们抱着能爬上去，就一定能爬下来的信念。说是信念，其实也是不得已，总得下吧。上山时遇到的好几组游客都告诉我们下山更难，还引经据典——“所谓上山容易下山难”。

但等我们下山时才发现比想象中容易得多。那些最难的九十度的坡，我们倒退着向下爬。上山时，虽然文古说有一段路把她吓到腿软，可是下山全程，她都一直在前面带领着我。

不那么陡峭的地方，我们可以正面扶着两边的钢管向下走。钢管下是万丈深渊，深渊中目之所及都是红色的草。恍惚间，仿佛自己正在从天上走下来，悬浮在脚下的，是一张随风摇摆的红草天毯。

中途有几段我俩腿也抖，但理直气壮地引用上山时遇到的那位老人家的话：“腿抖，并不是因为我们害怕，只是体力消耗太大而已，而已。”

下山

边下山，我和文古边忍不住夸赞彼此，我们真是太勇敢、太厉害了！最后我们两个人花了不到两个小时便到了山脚。爬“悬崖村”这件事，让我获得了至少十年间天不怕地不怕的勇气，还想邀请朋友们再一起爬一次。

其实向上爬时，我们就忍不住夸赞自己了。在爬最后一段几乎垂直的钢梯时，我停下问文古有没有什么心愿，这么难的路我们都快爬完了，在这里许愿，肯定能实现。她跟我说了心愿，这个心愿，一定能实现！那是我们之间的秘密。

后记：

在写作这本书的过程中，我从很多人身上得到了力量——带着使命感和幸福感在山区支教的黄老师，心里一直惦记着孩子们的徐亮，认真的拍摄团队，那些有足球梦的孩子，一心想帮孩子们实现梦想的殷教练和哈维教练。还有对纪录片保有赤诚之心的竹内亮，骨子里充满勇气的彝族妈妈文古，免费授权纪录片团队使用歌曲的程璧，坚持不收我和文古水钱的某色阿长，还有通过图书想让更多人了解大凉山的译林出版社。是所有人的爱、善良、坚忍，合力完成了这本书。

我忘不了那个中午只吃冷水泡饭，坚持把土豆让给老师吃的质朴的孩子；忘不了那个想上高中，但是在县城初中跟不上学习的女孩的眼神；忘不了彝族家长、支教老师们想让孩子们读书成材的迫切心声；也忘不了那些远未在本书中呈现的渴望自由平等的彝族女性的故事。

感激这本书，让我和很多追梦的人相遇，也让我再次深切感受到，人的命运的改变，或许就是因为一个小小的梦想。梦想是只要你不相信，就不会存在，一旦你相信，就会给你强大精神力量的东西。像黑暗中唯一的那束光。有梦想是件幸福的事，生活会因此有了方向和动力。徐亮想拍纪录片的梦想实现了，竹内亮来中国拍片子的梦想实现了，黄老师想去山区支教的梦想实现了。此刻，我在凌晨书写这本书的结尾，长久以来写书的愿望也实现了。

黄琦老师离开支教的小学后，先去了培训机构，后来一边准备正式老师的考试，一边做代课老师。前两天他发来消息，考试的笔试、面试都过了，过了体检和政审等环节后，就可以成为正式老师了。真替他开心，也替山里的孩子们开心。

真心希望《走近大凉山》这部纪录片和这本书，哪怕有一个瞬间，能触动到观众和读者。看到了，知道了，或许就是某个改变的开始。

图书在版编目（CIP）数据

走近大凉山 / 和之梦著. -- 南京 : 译林出版社，
2023.6
（译林中国故事）
ISBN 978-7-5447-9410-7

Ⅰ.①走… Ⅱ.①和… Ⅲ.纪实文学－中国－当代
Ⅳ. ①I25

中国版本图书馆 CIP 数据核字（2022）第 171806 号

走近大凉山　和之梦／著

责任编辑　王　玥
特约编辑　李　蕊
装帧设计　薛顾璨
校　　对　戴小娥　梅　娟
责任印制　颜　亮

出版发行　译林出版社
地　　址　南京市湖南路 1 号 A 楼
邮　　箱　yilin@yilin.com
网　　址　www.yilin.com
市场热线　025-86633278
排　　版　南京展望文化发展有限公司
印　　刷　江苏凤凰通达印刷有限公司
开　　本　652 毫米 × 960毫米　1/16
印　　张　15.5
插　　页　4
版　　次　2023 年 6月第 1 版
印　　次　2023 年 6月第 1次印刷
书　　号　ISBN 978-7-5447-9410-7
定　　价　88.00 元